青铜不再

王少青 著

生活·讀書·新知 三联书店

Copyright © 2023 by SDX Joint Publishing Company.
All Rights Reserved.

本作品版权由生活·读书·新知三联书店所有。
未经许可,不得翻印。

图书在版编目（CIP）数据

青铜不再/王少青著. —2版. —北京：生活·
读书·新知三联书店, 2023.9
ISBN 978-7-108-07718-9

Ⅰ.①青… Ⅱ.①王… Ⅲ.①随笔－作品集－中国－
当代　Ⅳ.① I267.1

中国国家版本馆 CIP 数据核字 (2023) 第 169439 号

责任编辑	陈富余
装帧设计	康　健
责任校对	曹秋月
责任印制	宋　家
出版发行	生活·讀書·新知 三联书店
	（北京市东城区美术馆东街 22 号 100010）
网　　址	www.sdxjpc.com
经　　销	新华书店
制　　作	北京金舵手世纪图文设计有限公司
印　　刷	鸿博昊天科技有限公司
版　　次	2015 年 7 月北京第 1 版
	2023 年 9 月北京第 2 版
	2023 年 9 月北京第 1 次印刷
开　　本	695 毫米 × 965 毫米　1/16　印张 13.25
字　　数	150 千字　图 24 幅
印　　数	0,001 - 5,000 册
定　　价	69.00 元

（印装查询：01064002715；邮购查询：01084010542）

目　录

序　在大视野下形成识见　1

忘机会古

修陵修风与修心　3
阳春面与乱炖　8
人之所畏　不可不畏　13
《陈风》的失忆　18
深处弦歌　23
青铜不再　28
焰火张楚　33
江湖夜雨十年灯　38
了无血性的血色　43
怀才的遇与不遇　48
辉煌尽处的悲凉　53
终是过客　57

湖光供养　62
寿圣：佛塔的儒影　66
衡门之下的诗意栖息　71
"胡为乎株林？"　77
余玠之守与王立之降　84

风追师友

知耳之作　95
醉守瓦砚作生涯　97
寻求别样的生存姿态　104
驿　者　108
存在与延续构成新的历史　112
得好书读如入名山　114
一花一世界　117
最是风雨两般秋　119
道不自器　天地与立　122
风骨的遗民　125
贤者澄怀味象　129
"四名"以至无限　131
因其深厚　故能广博　134
执大象，以御风而行　137

世象正义

人文首先是一种精神　143
修文好古　览史知变　145
争之有道，切莫因争害实　148
让城市的灵魂更有趣　151
要说明的几个问题　155
诚明不易　168
谁知伪言巧似簧　174

宿墨新润

全球华人公祭太昊伏羲始祖文　187
苏子读书台重修记　190
伏羲碑林记　192
何仰羲双馨碑记　195
钟晨先生墓碑记　197

后　记　199
再版后记　202

倚天照海花无数　流水高山心自知
曾文正公集前贤句以明心志亦喻历史文化　李铎书

序　在大视野下形成识见

近一年多来，相继在《中国文物报》上读了王少青同志的"文博随笔"系列文章。这些文章围绕历史文化，特别是中原历史文化的某一人物、某一典籍、某一事件、某一遗迹，引发随想，阐释了一些有见地的史学观点，展示了充实健康的人生态度。

治史与文博研究，无论内涵还是源流，都是分不开的，有点近似于"道"与"器"的关系，是互为存在、互为支撑的。这就需要我们注重在历史大背景下审视一事一物，在具体事物中梳理历史的脉络，准确界定和把握历史的现实影响力，扬其活力，抑其惰性，科学地强化其积极意义。

所谓历史大背景，是个多维的空间，存在着远与近、虚与实、物质与意识、时间与空间等多重交错。

衡量我们历史文化研究成功与否的主要标准，一个要看其是不是具备了开阔的视野，是不是看到了历史时空中各个维度的存在、变化与关联，是不是把视野所及的东西有机地运用到推理判断之中；另一个就是，能不能在事物的表面呈现，甚至是尚未呈现之际，看到其真实的面目，能不能在众说纷纭，甚至是前人定论之下，形成自己有新意、有价值的见解。

所以说，历史文化研究，要在视野，贵乎识见。其实任何学科领域的研究莫不如此，世间道理是一致的。

少青同志这些文章，给我留下深刻印象的，首先就是开阔的视野。时时立体地审视事物，超越于这一事物的年代、地域、类型、价值判断之上，把有说服力的东西信手拈来，严谨使用，摆脱平面考据的机械枯燥，增强了史学类文章的张力，使要说的事情更加明白，要讲的道理越发清楚，反映出作者的文化积累和融会贯通能力。

其次是独特的识见。借古在于开今，研究历史是为了从中受到更多的启发。少青同志的文章，无论是通篇立论的观点，还是行文中不经意的流露，都有很多独到的见解，是自己思考感悟的东西。有史识，有真言，不因袭，不乖僻。

其三是行文的洒脱而凝重。这些文章既谈学术也抒情感，着笔纵横率意，看似无拘无章，实则有内在的逻辑和章法。如果从文字的深沉精致来论，应当归类于散文杂文体裁；如果从立论的鲜明、论证的严谨和论据的翔实来看，则是学术色彩很浓的论文，可以说是论文、散文、杂文的综合。这种综合又赋予文字很强的表现力，与所反映的历史内容相映衬，形成了凝重的色调，读过之后有种沉郁的感觉。

从事历史与文博研究，不仅要耐得住寂寞，忍得了枯燥，还要有社会责任担当意识。我很欣慰于有像少青同志这样的一大批人，对历史文博保持着足够的关注和兴趣，在理论上不断有所建树的同时，也在全社会倡行着对历史的敬畏和对精神家园的守望。这也正是科学历史观的要义之一。

那天少青同志来访，谈得很投缘，可以感知到他的正直和睿智，我们有种忘年的意味。我期待着他更多的学术成就。

谢辰生

2014年12月16日

国家文物局原顾问、中国文物学会名誉会长

忘机会古

修陵修风与修心

陵,《辞海》解释为帝王的坟墓。《水经注·渭水》中称:"秦名天子冢曰山,汉曰陵,故通曰山陵矣。"可见陵的原意,就是对于坟墓最高规格的专用称谓。

按照这一解释,位于淮阳县城北古蔡河之阳的太昊陵,无论是就其主人的生活年代论,还是功绩地位论,都是当之无愧的"天下第一陵"。

因为要祭祀,要彰显墓主人的功德,要教化社会,所以要有仪式和场所。慢慢地,坟墓前的配享越来越多,规模越来越大,就建成了庙。古时的宗庙都有陵和庙两部分,前面是庙,后面是陵,合称"陵庙",或简称"陵"或"庙"。

今天的太昊陵,就是一处占地八百多亩的宏大建筑群,殿宇巍巍,柏木森森,人潮涌动,香火旺盛。无论是从建筑格局气象论,还是从文化民俗影响论,也都是当之无愧的"天下第一陵"。

如同罗马不是一天修建成的,太昊陵也不是一天修建成的。

今天很多研究者都沿袭了太昊陵"春秋时有陵,汉以前有祠"这一说法,是有道理的。

周王朝兴礼制，提倡以礼治天下。虽然到了春秋时，已渐显礼崩乐坏之势，但陈国处于中原文化与楚文化的交汇之地，将天神之祭与人神之祭相融合，为伏羲氏建起陵墓以享牺牲，却也合俗合情。

秦时始兴在陵墓前建寝庙，汉代沿袭了这一模式并发扬光大。尤其是"独尊儒术"之后，礼制复兴。西汉元帝、成帝时，国家出钱修建的各类祠庙就达八百多所。

开一代史风与文风的司马迁，按照于史有据、于物有证的逻辑，让《史记》开篇于黄帝，但他又实在割舍不下"三皇之首"的伏羲氏，借助《太史公自序》讲出："余闻之先人曰：伏羲至纯厚，作《易》八卦。"这说明汉代时，伏羲氏的传说影响很大，人们透过这些传说，把追寻文明源头的目光聚焦于伏羲氏。

大汉王朝八百多个音符的祠庙交响曲，伏羲祠必定是其中的华彩乐章。

其后千余年，太昊陵沧桑几何已没有明确记载，但从零零星星，诸如唐太宗颁诏"禁民刍牧"、周世宗禁民樵采耕犁等史料中，还可琢磨出太昊陵如何的衰容新妆、花事更迭。

宋朝初立，马上得天下的太祖赵匡胤，面对山河与民风一片凋敝不堪的社会状况，采取了一系列文治天下的举措，其中重要的一项，就是修葺一些广有影响，却因"兵兴以来，日不暇给，有司废职"而几近颓废的陵庙。太昊陵首批在赵匡胤亲自撰写的《修陵奉祀诏》中被提了出来。其后的宋真宗赵恒，更是四次下诏重修或扩建太昊陵，这位皇二代的文化水平已非其父辈可比，也更清楚文治天下的关键点是什么。

明太祖朱元璋可算是中国历史上出身最为朴素的一位皇帝，或是为了掩饰这种朴素带给他的难堪，或是为了接续元统治期间几近割断的中原文化，或是为了重振伦理纲常，朱元璋即位不久，就连颁数道诏书，重建太昊陵庙，规范祭祀形式，扩大祭祀影响，直接推动了太昊陵走向历史上的规模极致。

到这里可以看出，之前太昊陵历次整修的倡导发起者，都是"天下一人"的皇帝，修与祭，都是形成全国影响的，都是有强烈的价值追求和社会意义在里面的。

修陵是手段，倡行教化、引领风尚才是目的。修陵之旨，原在修风，唯其礼义通行、世风敦朴、天下归心，方能江山永固。皇帝的如意算盘确是很精明的。

但自此以后，修陵的路数却转了弯。

明清两季，太昊陵历经数十次维修，不知何故，皇帝不再出面了，组织修缮工作的都是主政陈州的官吏或地方名流。这些官吏或名流，要么是学而优则仕者，要么是学而优则名者，他们对于修陵不仅积极主动（往往是看到有瓦檐脱落、彩绘暗淡，或有鸦雀栖迟、狐狸出没，即长叹愧对人祖，马上提议修陵），而且极富奉献精神（为官者首先捐出薪俸，名流们纷纷亮出家底）。何以有这般姿态？明代人立碑志事，一语道破初衷：非为求佑圣贤，但得心安神宁。

修陵背后，是这群读书人的修心。

在遵循儒家经义，追求精神充实人格完善，而未必能时时如愿的情况下，以为古代圣人修陵，来获得心灵的另一种满足和慰藉，虽然有点儿苦涩生硬，却是真实的。

无论是皇帝诏令，还是官吏倡议——无论最初的动机目的是什么，修陵都不免有点儿形象工程的意思在里面，显示尊圣贤、重教化，显示国运昌、天下治，但绝没有商业目的门票意识，没有游购娱吃住行的通盘考虑。

对圣贤神灵的敬畏，决定了修陵者们的态度始终是虔诚认真的。这也让今天致力于历史文化资源产业化开发的各路英雄纷纷气短，因为要把"陵"修在人们的心中，就要有钱有势、有勇有谋、有学有识、有敬有畏，这八"有"缺一不可，而我们往往都缺点儿什么。

希望今天一切历史文化项目的修建者们，能够准确掌握时代的价值判断标准，既充分兼顾起社会责任的修风，又秉承着人格节操的修心，把这些项目的历史感和文化味很好地呈现出来，别辜负了关注者的那份期待。

2013 年 11 月 10 日

太昊陵　刘佰玥绘

阳春面与乱炖

出中州重镇淮阳县城东门，穿过那片《诗经》时代的湖光荷影，向东南行五六里路，便可看到在大片麦田之间，在白杨树和农舍的掩映中，有一处红砖围起来的大院落。隔着院墙望去，浓密重叠且高低起伏的树木，在随风摇曳中，传递着阵阵远古的气息。

这就是1988年国务院公布的第三批全国重点文物保护单位之一的平粮台古城遗址。

如果不是门口挂着表明身份和价值的牌子，如果不是偶尔有零散的游客带着期盼和疑惑走进去，如果不是里面青砖铺就的甬道两侧几块算是配套设施的标识牌，我们实在难以把这块原生态的古丘，与老牌"国"字号文物保护单位的身份联系起来。

要知道在1988年，如今已沦落到不堪的三星级宾馆还代表着奢华，千里之外还等同着遥不可及，4A级景区还只能在人们梦里"花落知多少"。

可就是这处老资格"国保"，在一切都市场化的滚滚红尘中，依然是沉寂冷逸、素面朝天。与那些纷纷被现代手段改造、现代气息熏染、现代理念开发的大挖大建、大红大绿、大鸣大放、大卖大挣的历史文化资源相比，平粮台古城遗址就是一碗清汤淡盐、原汁原味的"阳春面"。没有鸡精，没有海鲜，有的只是麦子的味道，只是土地的味道。

好像它的现状是在喻示着恪守某种精神，坚持某种追求。

其实没有这样矫情。平粮台之所以没有被煎炸烧炒地"饕餮"掉，实在是出于厨子和食客的无奈。

几十年来，平粮台古城遗址开发，始终是地方主政者、文化人（包括真的和伪的）、投资商和游客们关注和争执的话题。没有动手，不是没激情，不是缺钱，也不是政策有障碍，而是无从下手。围绕什么文化主题开发，始终困扰着大伙。

平粮台古称"宛丘"，是史籍记载太昊伏羲氏"建都"的地方，也是这位"人文始祖"画八卦、造书契、定姓氏、制嫁娶、结网罟、养牺牲等等完成一系列文明创造的地方。传说何其煌煌。

平粮台下，发掘出土了大量距今6000年左右的仰韶文化彩陶器物和大汶口文化石器骨器，印证了传说，实证当年文化的交汇与融合，令人心仪。

这一文化层之上，一座完备的距今4500年的龙山文化古城赫然现身，有防卫设施、排水构造、青铜冶炼场，有着清晰的分区功能规划，东方文明史上的方形城市源头地位就此确立。

在其上，东周、秦、汉大型贵族墓葬叠压错落，墓室相连，时空穿越，如果放开来挖，足可建起一处规模宏大的古墓博物馆。

而平粮台这一名称，又是来自宋代清官包拯到陈州（今淮阳）赈灾除奸的传说，民情所系，民心所向，值得大书特书。

如此一来，传说与考古、文化层与墓葬、陶器与青铜、原始奴隶制与封建制等等，你中有我，我中有你，各有面目，各有分量，舍不开你，丢不掉他，整个一罐"乱炖"。

这种文化元素的"乱炖"，成就了今天平粮台面目的"阳春面"。

厨子与食客的无奈，演绎成了历史真实的一种坚守，也就越发显出了这份无奈的憨厚可贵，毕竟没有演变成"管他来者何人，且吃洒家一拳"。

这之间就纠缠着历史文化资源的定位问题。

历史悠久，势必看得模糊；文化丰富，难免一地碎片。"剪不断、理还乱"的历史观，成就了无数历史学家的新视野新发现。

但无论某个历史文化资源内涵多么纷繁复杂，包含的文化主题是一元还是多元，只要我们今天拿出来开发，拿出来推介，都要先坐下来，静心研究一番，看它的文化属性或主要文化属性是什么，选准一个或几个点来做文章，以客观准确的定位，来统领下一步的规划和建设。

对于历史文化资源的保护与开发，定位是个纲，其余都是目，纲举则目张。

但定位却是个不好干的差事。一是要有真本事。就某个历史文化资源，既要研究它本体这个点，又要研究它同时代、同类型的若干个面，更要研究它上下几千年的线性影响与价值。二是定位准了未必就能实施。有些是客观现状暂不支持准确定位下的实施，这很正常；而有些是定位虽准确，却不符合眼下市场化的需求，按此实施挣不来银子，决策者们会给它否了，或抛开定位，凭市场化需求来动干戈。

就在距平粮台古城遗址不远的淮阳城湖中，有一处画卦台，是传说中伏羲观天象、画八卦的地方。虽然文物保护单位级别不高，却也凭着这个传说，再加上四围蒹葭苍苍，台中古柏虬曲，令人望之而生无限遐想。若干年前，经过精心规划层层审批，十亩见方的画卦台上，建起了一片殿廊密布、几进几出的仿古建筑群。

一处史前文明遗址（即便是传说），被开发成清末民间的小庙；一个究天人之际的远古智者的身影，从此湮没于缭绕的烟火；倪云林笔下的简淡古逸，活生生被改造成袁江的红墙绿瓦。

我至今闹不明白，这盘怪味菜的操刀掌勺者，秉持的是什么旨趣和动机。

如此定位缺失的荒唐和遗憾，在全国范围内既不是孤例，也没有停息。比如很多人、很多机构乐此不疲地进行《易经》研究与推介，自娱自乐倒也罢了，怕的是误人害人。

由此，我为平粮台古城遗址"阳春面"面目的保持，和"乱炖"营养成分没有流失，而稍感宽慰，也对下一步更纯正美味的大餐充满期待。

2013 年 11 月 21 日

平粮台遗址　刘佰玥绘

人之所畏　不可不畏

已经过去了的事情，想要完整地还原它的本来面目，是不可能的。但无论怎样，过去了的事情，都会留下把握它、判断它的痕迹，留下最大限度还原曾经的真实的依据，这也是不容否认的。所以，正确的历史观既不能僵化也不能虚无。

在这种历史观之下，很多人类文明现象和历史文化问题，都可以用一个既基本符合客观真实，又能为大多数人接受认可的答案来解释。

比如，数控机床的始祖是磨制的石器，大秦帝国俑化的兵马显示了统一六国的威势，李白的仰天长啸是一个盛世的张扬，等等。

得出这些答案，过程并不复杂，一是有大量文献记载相互佐证，二是有考古发掘的实物不断提供证据，三是学者们加以研究分析、归纳判断，四是人们有不为外物所役的寻找正确答案的愿望和勇气。

很多时候，这看似力道不足的第四条，一旦掌控不准，却可以凭借纯主观的力量，拨动甚至颠覆前三条所得出的客观结论。

老子故里的认定，就遇到了这样的问题。

司马迁在《史记·老子韩非列传》中说："老子者，楚苦县厉乡曲仁里人也。"楚之苦县，从古至今指认得都非常明确，就是今天的河南省鹿邑县。司马公外，多部典籍文献，均呈不二论断。

鹿邑县城东五里的国家级重点文物保护单位太清宫遗址区域内，除现存地上明清建筑外，相继出土了大规模唐代宫殿建筑基址，和许多汉唐以来巨型石碑，多为官方老子故里祭祀的物证。

至于学者们，在这些文字和实物面前，就老子故里归属，原本是没必要再谈什么观点了，因为一切都明摆着在那里。但近些年来，却也不得不时时发声，去重复一个历史早就证明了的结论。

因为有人就老子故里在哪里，提出了超越上述文献和实物之外的观点（这种观点也不新鲜，明清时期就有人提过，但很快就自行纠正或湮没了），形成了所谓老子故里之争。

其实，包括一些名人故里归属在内的历史文化悬案的出现和存在是很正常的。记载不明、证据不足、沿袭脉络不清等，这些均可"姑且存之，留待后人"。如诸葛亮身世的襄阳南阳论，因为文字的不准确，因为隶置、地理的变迁，数百年间，争出了很大的学术研究空间。

但老子故里却不是这样。这位老人虽然"不知所终"，但"史家之绝唱"留下来了，林立的碑碣留下来了，把答案交代得清清楚楚，没什么好置疑的，没什么可研讨的。老子故里是哪里，像水晶一样清晰透明，只要我们有正视的愿望，只要我们有健康的眼睛。

那为什么还会有人勇气十足地站出来争呢？说他们毫无根据、无端生事，也是冤枉他们了。每一个来争老子故里的人，都可以充满自信，或充满发现新大陆般惊喜地给我们展示他们的证据，也是有文献有考古，立论纵横捭阖，下笔洋洋洒洒。

但正像老话说的那样："不怕不识货，就怕货比货。"仅从出土的古代石碑来比较，来争一方提供的古碑年代，就要晚于太清宫古碑近1000年，规格、数量、碑文内容等，更是逊色得紧。证据相较，天壤之别，云泥立判。孰真孰假，一目了然。

这种背景下的争，就不是学术问题，而是带有鲜明特色的社会问题了。

老子是一位具有世界影响力的历史文化名人，争得老子故里的名分，再赝仿一把，节会一番，是可以获得政绩和产业收入双重效果的。尤其是对于一个自然资源禀赋不佳，社会人文资源又较稀薄的地方，更是值得花些气力无所畏惧地去争，即便是证据贫乏，即便是曲"怪"和寡，即便是罔顾历史真实。

但既然来争老子故里，总要顾及老子的想法吧。

老子告诫我们：人之所畏，不可不畏。对于人们都尊重的历史，不可不去尊重；对于人们都畏惧的背离真实，不能不心生畏惧。否则，就是违背了万物的道和做人的德。明清时曾经想把"老子故里"争过去的某个地方，很快就自我纠正了，这可能是学术范畴的争和学术心态的自我纠正，贯穿其中的就是对于历史真实的敬畏。

近些年来，围绕历史文化资源的争夺名目繁多，愈演愈烈。这之间有历史遗留悬而未决的公案，如前面提到的诸葛亮籍贯问题；有将神话传说现实化的，如"梁祝文化之乡"的多处命名，虽不严谨，却是在推广一种美丽；有近几天刚拉开序幕的上海博物馆专家与苏富比拍卖行的苏东坡《功甫帖》真伪之辩，这毕竟是围绕一件拍卖标的展开的，大可由银子收底，也权当是东坡先生又借此炒作了一把；有为了现实需要而刻意去经营打造的，如妄争"老子故里""李白故里"等。

而把有足够证据证实了的东西设法推翻，以不惜搅混历史，不惜在国际上损毁中国文化形象，来获取狭隘利益，这是会带来很大遗患的。

有关部门和有识之士不应该再以学术歧见为由，任其存在与发展，而应采取积极的行动，有效地形成统一认识，消除无端之争，维护历史真实，向世界负责任地展示中华民族的优秀历史文化。

2013年12月29日

老子故里太清宫　刘佰玥绘

《陈风》的失忆

任何一件历史文化产品，都包含着丰富的、既有共性意义又有个性特质的内在信息：政治的、经济的、文化的、创作者个人感情的等等。这些信息，可以帮助我们穿越千年尘雾，寻找那原点的真实，这也是每件历史文化产品自身的记忆。

如创造粗粝生活的美，是仰韶彩陶的记忆；以箭垛对峙胡马，是燕赵长城的记忆；哀民生之多艰，上下而求索，是《离骚》的记忆……

"兴观群怨""思无邪"，是《诗经》的记忆，是《诗经·国风》的记忆，也是《国风》中占有重要分量的《陈风》十首的记忆。

遗憾的是，《陈风》问世不过200余年，整个记忆就混乱了。

它自身承载的内在信息，被怀有各种目的和水准参差的学者政客拿来反复研究、提炼、对比、修正，渐渐地，那种与生俱来的自然、质朴、清新的诗味，被注解得了无痕迹，取而代之的是篇篇皆为"美刺说"。或是刺陈国民风不淳，或是讽陈国巫术盛行，或是骂陈国国君不正。其中尤以立论早、权威性强的汉《毛诗序》一锤定音，声势咄咄，竟为后世《诗经》研究者奉为圭臬。

在《毛诗序》中，深情起舞的《宛丘》为"刺幽公也"，郊原踏青的《东门之枌》为"疾乱也",隐者长歌的《衡门》为"诱僖公也",相约黄昏的《东门之杨》为"刺时也",渴望信任的《防有鹊巢》为"忧谗贼也",月光如水的《月出》为"刺好色也",驱车乐舞的《株林》为"刺灵公也"。

独不见一首"诗言志",独不见一首"温柔敦厚,诗教也"。《诗经》时代之前即已立论,"诗三百"形成过程中又处处奉行的诗歌创作原则和评判选择标准,一概杳无踪影。

于是,《陈风》失忆了。

它记不得自己是来自东周的原野,还是来自汉代的书斋;记不得自己是要咏物抒怀言志,还是要逮谁骂谁八面出击;记不得是坚持本来面目的自己更真实,还是服从后人评论成为的自己更真实。

而在"美刺说"的指挥棒之下,汉以后儒生学者、官吏政要们,纷纷撰文立著,展开推论考据,深文周纳,代代相沿,不惜回避或者刻意软化种种硬伤,不顾《国风》反映民风民情,率真、质朴、自然、不事雕琢的特色,一味以今律古,穷挖其味外之旨。

一度是"美刺"阵营干将的朱熹,也憋屈得发了一通颇有见识的牢骚,他在《朱子语类》中痛批《毛诗序》:"大率古人作诗,与今人作诗一般,其间亦自有感物道情,吟咏性情,几时尽是讥刺他人?只缘序者立例,篇篇要作美刺说,将诗人意思尽穿凿坏了。且如今人见人才做事,便做一诗歌美之,或讥刺之,是什么道理?"一代理学宗师,把话说到这份儿上,也几乎到了凡人骂街的悲愤程度。

可惜,朱子儒学地位虽高,但在《诗经》研究领域,与毛公比,只能算"言轻"之辈,没有动摇掉"美刺说"的主体地位。

其实,今天稍有古典文学素养的人,静心读《诗经》,都可以得出和两千多年前孔子一样的感触和评价："诗三百，一言以蔽之，曰思无邪。"很强烈，很直观，很明晰，不需要烦琐的推理演绎、条分缕析。

那么，为什么在距离《诗经》时代更接近、语境更相似的汉代，在一群大儒那里，出现了这么生硬的误读呢？显然不是简单的学术水平问题，不是单纯的学术观点问题。

自汉代起，以儒家思想为核心，构建政治伦理框架体系，不仅新的宗法礼仪制度要服从这一需要，上古那些能够拿来为我所用的坟典书经，也都要被改造解释得服从这一需要。这些大儒在自身被工具化的同时，也把《诗经》拿来工具化了。

殊不知，当初那一首首带着浓郁山野草木气息的诗歌，以"献诗"或"采诗"的形式，由周王室收集上来，再经过删削整理，结集颁行天下，就已经是周王室教化万民的工具了。

同样是作为工具使用，周王室赋予《诗经》的，是教人温柔敦厚、无邪言志，汉王室赋予《诗经》的，是教人谨言慎行、循规克己。两相比较，虽各有千秋，但周王室的格局气象显然更大一些，也更符合《诗经》的原始色彩和味道。

再放眼看去，因为需要而刻意，或因为无知而误读，导致历史文化产品面目日渐模糊扭曲的，《诗经》绝非孤例。

即以"尊儒"来说，大成至圣先师的孔子，早已不是夕阳牛车的模样；通篇《论语》，怎么也咀嚼不出"三纲五常"的口感；在后世两千年间，形成强烈约束力和规范性的儒家伦理价值和思想力量，让"始作俑者"孔子感受到的绝不是欣欣然，而是比周游列国处处碰壁更深重的失望和无奈。

历史的记忆哪些是真实的？怎么判断是真实的？为什么会出现那么

多失忆？宋人王安石在《读史》中谈了自己的观点：

> 自古功名亦苦辛，行藏终欲付何人。
> 当时黯黯犹承误，末俗纷纭更乱真。
> 糟粕所传非粹美，丹青难写是精神。
> 区区岂尽高贤意，独守千秋纸上尘。

太多历史文化产品的内在信息，被有选择地捕捉，有目的地解读，记忆的真实与清晰，也就成了顺我则用、逆我则弃的东西。

如此说来，这篇文字的题目，也应该改为"《陈风》的被失忆"，似乎更为准确。

2014年1月27日

陈风诗意　刘佰玥绘

深处弦歌

孔子应该算是中国历史上被认可时间最长、认可度最高的一位圣人。

他有思想有抱负,更有支撑这思想与抱负的毅力和体力。可惜的是,六艺皆通的孔子,却遭遇了与他五行相克的人生。

几十年的颠沛流离,处处碰壁,使这位圣人蹒跚的背影,更像后世的苦行僧。但苦行僧是在替别人布道,属职务行为,其苦在行不在心。而孔子是要推销自己的思想,并寻求一片可繁生出红绿来的实验田,这种境况下的苦,恐怕就是不为外人体会的内心的苦了。

孔子一生的窝火事大致有五:一是周王室统治力日渐式微,无暇顾及孔子和他的想法;二是家乡鲁国国君对他时冷时热,让圣人来去无措;三是周游到的列国的王公贵族,各怀心事,各打小算盘,使他一路板凳没坐过热的;四是一路同行的弟子们,或不理解,或生抱怨,或意志消沉,阡陌上的队伍,走成了蒋兆和的《流民图》,毫无阵容可言;五是一贯倡行"仁者爱人",具有鲜明"民本"意识的孔子,却在陈国遭遇了为"野民"所困的陈蔡绝粮,经历了一番生死考验和思想动摇。

孔子及其一行的"陈蔡绝粮",或称"厄于陈",是孔子周游列国时发生的一个重要事件。这一事件危及他的生命,改变了他人生的轨迹,影响了他团队的凝聚力,展示了他的人格节操,和更多内心世界真实的东西,可以说是孔子周游列国的剧情高潮。《论语》《史记》《吕氏春秋》《孔子家语》等典籍,都对这一事件有或简或详的记述,证明了这一剧情的真实性。

在陈国故都淮阳县城的南城门外,有一处三面环水的半岛地形,上面建有一处经考证至迟在唐代就有的弦歌台,也叫"厄台",就是纪念孔子陈蔡绝粮七日,仍弦歌不止这一历史事件的。

清乾隆时,淮阳地方士绅办起了"弦歌书院",书声延续二百余年。

这里四围湖光荷影,芦苇摇曳,院内古柏参天,碑石林立,殿中塑像巍巍,香烟缭绕,确是个读书吟诵的绝佳之地。主殿门两侧门柱上镌刻的那副名联"堂上弦歌七日不能容大道;庭前俎豆千年犹自仰高山",更是让每一位慕名造访者和书院学子发思古之幽情,兴放怀之远志。

时至今天,当我们走进弦歌台时,总是会不由自主地隔水遥望依稀尚存的陈国古城墙,四顾水陆相连的特殊地势,努力寻找孔子席地抚琴咏歌的身影——因为我们都相信,这里就是当年事件的发生地。

不舍昼夜过去的是时间,千古不绝回荡的是弦歌,消逝的与传承的,共同构成历史。

但历史展示的面目是丰富多彩的,它常常以错位启发你聚焦,以凌乱提醒你规整,以单一诱导你复合……不经意间的真实,让人惊心动魄。

让我们重新聆听两千多年前孔子的弦歌。

芦苇深处的弦歌。孔子困于陈蔡之间,因何而困?为谁所困?权威典籍皆言之不详，或说法不一，史上学者也各抒己见。但对于绝粮、弦歌这两点是有共识的。

宋人曾巩在《厄台记》文中，把孔子的这次困厄，与"尧有洪水之灾，舜有井廪之苦，禹有殛鲧之祸，汤有大旱之厄，文王有羑里之囚，武王有夷齐之讥，周公有管、蔡之谤"相提并论，认为这是圣人齐日月之明，不能违日月之道的正常事，因而还要煞有介事地筑台建祠，加以纪念。

弦歌台就是这样形成的。但这里却不是孔子陈蔡绝粮事件的真实发生地，只能算是个纪念地。绝粮弦歌的遗址，早已为专家考据清楚，在距此地约50公里的今天商水县固墙镇一带，即当年的陈、蔡交界处。

为什么要在百里以外的淮阳县建纪念地？一则因为孔子在陈国时间长、故事多，不如再增加一处，形成规模效应；二则这里水天相连，芦苇丛生，有利于塑造孔子手挥五弦、目送飞鸿的圣人形象；三则这里地理位置也算陈、蔡之间，与史相符。

于是，形式的纪念，渐渐演变成真实的历史，以致我们今天提到孔子周游列国，自然就想到他曾在淮阳弦歌台的芦苇深处被困七天之事。

心灵深处的弦歌。七天没有吃饭，还坚持每天抚琴高歌，这不仅是体力的高消耗，更是精神的大释放。

此前的孔子是积极进取的，欲行大道于天下，百折不回，知其不可为而勉力为之。但经历了这次七日绝粮，尤其是他所倡导的"仁爱"的对象——民众对他的不容忍和围困，一定使他的思想观念受到了很大的冲击。

虽然这几天里，他仍然深刻而睿智地教育了子路、子贡等一干险些经不住考验的得意弟子。虽然他的琴声始终舒缓而平和，但他的心灵深处，一定在经历巨大的激荡起伏。是沿着既定轨道奋力前行，还是回归故园回归自我？我们不得而知。只是这件事后不久，孔子就结束了他周游传道的生涯，倦鸟知返。他先回到卫国过安稳日子，然后又回到鲁国安度晚年。

孔子后来曾感慨："夫陈、蔡之间，丘之幸也。"（《孔子家语》）何以竟出此言，必为变后悟后内心的真实。

历史深处的弦歌。孔子周游列国，实际上到过的诸侯国并不多，主要是活动在卫国和陈国，其中居卫十年，居陈四年。

而陈国是道家文化的发源地。孔子在陈，问礼于老子，整理了具有鲜明道家色彩的《衡门》等诗篇，接触了长沮、桀溺、荷蓧丈人等有着大隐情怀的道家文化的早期代表人物，其儒家价值观念与道家思想文化不断融合碰撞、启发借鉴，儒道同源共生的大背景渐趋形成。

而经历了陈、蔡绝粮的困厄，63岁的孔子，是否会想起问礼时老子讲出的人生至道？是否会想起刚柔、进退之辩？是否会想起接舆的"往者不可谏，来者犹可追"？

这都让我们相信，孔子七天弦歌中，反复咏唱的必定有那句：风乎舞雩，咏而归。

2014年2月24日

弦歌台一角　刘佰玥绘

青铜不再

战国之季，青铜是一种实力，更是一种意志。尤其是对于以青铜统摄杀伐之猛与艺术之精的楚王朝，更是在青铜的幽光里，寄托着一统天下的梦想。然而，青铜毕竟只是生产力的阶段性代表，不是推动或改变历史的决定性力量。

楚王朝后期的沉沦与挣扎，活生生地证实着这个道理。

公元前278年，秦国遣名将白起率军长途涉险迂回，奔袭楚国，兵锋所指，势不可挡。楚国都城郢，尚未组织起像样的抵抗就被攻破，楚王陵和无数精美绝伦的青铜祭祀器物，在大火中被焚毁。楚顷襄王被裹挟在溃不成军的王公大臣和士卒队伍中，仓皇出逃。

此时，距楚庄王豪气干云地问鼎中原，已过去378年；距楚惠王颐指气使地灭陈国置陈县，已过去200年。

此时，变法图强的吴起，早已死于楚国贵族的乱箭之下；报国无门的屈原，已携满腹的忧思壮志沉于汨罗。

强秦虎视，家国沦落。曾拥有辽阔疆域、丰富资源、强大国力和霸业梦想的楚王朝，在经历了这番毁灭性打击之后，是在舐伤呻吟中僵去,还是揩净血迹,捡起长戈,以图东山再起?

在位20年昏庸20年的楚顷襄王,身体里流淌的毕竟是楚人尚勇不屈的血液。他痛定思痛,就在惶惶不安的东逃途中,接受了老臣庄辛的劝谏。罢游猎、废钟鼓、疏小人、重贤臣,重振旗鼓,继亡图存。

楚顷襄王的第一个动作,就是选定陈县(今河南淮阳)为新的楚国都城,迁都陈郢。

楚之都陈,首先就表现出了积极进取的斗志和姿态。

陈县地处中原,与魏、韩、鲁等国接壤,是秦王扫六合的必争之地。都陈,就意味着置身于风浪中心,回避不开左右的担当,摆脱不了纵横的干戈,与迁都于江南,偏安一隅,是截然不同的两种心理、两般景况。

显然,这个局面是一个要惹事儿的主儿,选定了一个能惹事儿的地方,摆出了一副将惹事儿的架势。

楚之都陈,还有着充分的战略考虑和利益权衡。

一是地理位置优。陈位于韩、魏以东,秦国攻袭陈郢,若走近路,必须借道韩、魏这两个世仇。而秦与六国之间征战百年,远交近攻也罢,合纵连横也罢,反正谁也不相信谁了,若借道攻陈,韩、魏怕的是假途灭虢,秦国怕的是被抄了后路,"兵出之日,而王忧其不返也"。而如果绕行南线,均为楚国故地,易遇抵抗,且山川密布,道路难觅。

二是统治基础好。陈国自春秋时即为楚之附属,被灭而置陈县后,就一直是楚国北方的政治军事重镇,军队和百姓与楚国有着密切的联系和天然的感情。而且陈县作为一个曾经的公侯级封国国都,城市规模和城防设施,也是其他一般城池不可比的。

三是经济实力强。陈县是一望无际的平原，物产丰富，粮草充足，交通便利，"陈在楚夏之交，通鱼盐之货"（司马迁《史记·货殖列传》）。选定这里作为都城，有利于王朝在较短时间里恢复元气。

于是，楚王朝在38年间，以陈郢为舞台，衬以中原大地为背景，上演了一幕幕有声有色的生动剧目。

公元前276年，楚顷襄王征调淮水、汝水一带的军队十余万人，向西收复秦军攻占的江汉之间部分土地，掠取黔中郡15座城邑，设置军政，抗拒秦军。

公元前257年，楚考烈王经赵平原君和毛遂劝说，决定抗秦救赵，遣楚春申君引兵北上，与魏信陵君联手大破秦军，解了邯郸之围。

公元前255年，楚国北伐，灭掉素有"礼乐之邦"之称的鲁国。

公元前241年，楚、韩、赵、魏、燕五国公推楚考烈王为纵约长，楚相春申君黄歇主其事，组成合纵阵线联军，西攻秦国，马踏函谷，一时几转天下之势。

春申君黄歇在陈郢任楚相期间，门客三千，才备九流。儒学大师荀子来到陈郢，被封为兰陵令，为官之余，讲学著书不辍。赵国老将廉颇投奔来楚，被拜为大将，楚军军心大振。

如此一一列来，背井离乡的楚王朝，又像是走到了舞台的聚光灯下，似乎要成为主宰历史命运的角色。

但历史却没有给它安排更多的剧情和台词。

此时的天下之势已无可逆转。秦国历经几代强势国君的矢志努力，在政治、经济、军事、外交诸领域，求新求实求强，显示出了君临天下的气势和扫平六国的实力。而天下大势分久必合的规律，也呈现着无可撼动的力量。

　　合纵攻秦的五国来势汹汹，遭遇的却是尸横遍野的溃败。楚王朝自此肝胆俱碎，楚人血性渐消，再无支撑的筋骨。

　　历史注定的沉沦，可容你挣扎一时，即便挣扎时辉煌，也不过是历史展示其残酷的手法。而如果没有了这些挣扎，那一个个沉沦，就显得过于单薄，无法令历史饱满地上演。

　　楚顷襄王死后葬在陈郢。20世纪80年代初，在今天的河南省淮阳县城东南5公里处，发现并发掘了顷襄王墓，出土有一件陶质大鼎，虽器型硕大，但工艺粗糙，烧铸荒率，经高温后的泥土，依然放射不出金属的光泽，与楚国强盛时期青铜器的精美有着天壤之别。

　　王朝迟暮，空有铸鼎的情怀，只是这情怀已由青铜的坚硬，变成了泥土的松脆。可叹庄王问鼎之志，终没有为其子孙所承继；可怜顷襄王以土铸鼎的无奈，给楚王朝沉沦中的挣扎，又添了一分悲凉。

　　青铜不再，磨砖作镜终归是无望的追求。

2014年3月24日

陈楚故城遗址　刘佰玥绘

焰火张楚

中国历史上第一个农民起义政权——张楚，是在中国历史上第一位皇帝——秦始皇一手开创的庞大秦帝国疆域上，活生生拼杀出来的。

秦始皇堪称旷世英雄，他"奋六世之余烈，振长策而御宇内"，带领着一群忠诚无畏的关中汉子，从黄土高原上一路呐喊着冲将下来，几番马嘶箭鸣，六国烟消云散，燕韩赵魏楚齐的后裔，均成为大一统的秦帝国臣民。

形势一派大好下，秦始皇暴露出了英雄的局限性。他把握不了对立统一规律，缺乏对自己和曾经的对手间角色转换的认知和处置，时时以敌视、仇恨和高压的姿态，试图和已变为臣民的昔日敌人，过他认为寻常的日子。

这怎么能行得通呢？

果不其然，当历史走到一个叫大泽乡的地方时，一场透雨浇得人血脉贲张，造反的情绪如野草般疯长。

于是，久怀鸿鹄之志，敢于大发"王侯将相宁有种乎"质疑之声的陈胜，和他的伙伴吴广，终于动手杀人了。围聚在他们身边的900名楚国遗民，在依律当斩和造反求生之间，义无反顾地选择了后者。"斩木为兵，揭竿为旗"，从帝国的守卫者戍卒，一变而为帝国的颠覆者义军。

胸中的抱负和求生的本能，一旦遭遇手上的鲜血，便迅速催醒了陈胜身上蛰伏已久的卓越军事才华和非凡政治追求。起义军攻势凌厉，战略意图明确，在就近攻克蕲县后，陈胜、吴广即率主力向西进击，迅速占领中原重镇陈县。一时间，义军实力大增，声威大震。

陈县，即今天的河南省淮阳县，此前相继为陈国都城、楚国都城、楚国北方重镇、秦帝国三十六郡之一，战略位置重要，政治影响力大。陈胜选定在陈县建立自己的政权，定国号为"张楚"，定陈县为都城，自立为王，鲜明地提出"伐无道，诛暴秦"的纲领口号。

中国历史上第一个由被统治阶级以武力创建的政权，就此诞生，并向世人昭示着：王侯将相，原本无种。

天下苦秦久矣。张楚政权建立之时，"天下云集响应"，刘邦、英布、彭越、张良、项梁项羽叔侄等各路反秦力量纷纷起兵，相互策应。许多社会贤达前来投奔义军，其中较有代表性的，就有孔子的九世孙孔鲋。他带领着一批尚仁崇礼的鲁国儒士，持礼器前来效命造反的陈胜，被拜为张楚政权的博士。

造反，此时已成为一种主流价值观，被广为接受。本是躬耕于田园的农民陈胜、吴广，只因为占了首义之功，收获了大量超越阶级和出身的景仰和赞誉，也成了当时无数人效仿的明星。

但接下来事态的发展，证明了陈胜、吴广被推上历史的风口浪尖，决不仅仅是因为占了首义之功。

张楚的大旗刚刚扬起，陈胜便做出"务在入关"，直捣咸阳、四面出击、全面摧毁秦统治基础的战略部署，表现出政治上的坚定和军事上的深谋远虑。

于是，他遣一部向东南攻取九江郡，也即曾是楚国最后的都城寿郢，以慰楚人之心；遣一部远攻广陵，以控吴、越；遣一部进军原赵国之地，一部进军原魏国之地，以肃清中原，稳固西伐暴秦的大后方。义军中政治地位仅次于陈胜的假王吴广，亲自督率三路兵马，向西进击，其中周文部兵临潼关，直逼咸阳。

在短短两个月时间内，各路义军均呈摧枯拉朽之势，攻城拔寨，长驱径进。秦军或溃或降，早已没有当年虎狼之师的气象。

张楚政权，如焰火般盛放。

迅速进入高潮的剧情，必然以转折形成自己的叙事结构而收尾。历史也是如此。

在打赢了对手夺得了地盘之后，分踞六国之地的各路义军，不少都忙于复国立王，而忘了秦帝国还存在绝地反击的力量。加之张楚政权新创，统治秩序尚未完全建立，组织的科学性、制度性和纪律性都很淡薄。而军马远征，交通、信息的不便，又给大敌当前的前线义军首领以更大的自行其是的决断权，其间还包括了因性格不合造成的将领对统帅的谋杀：张楚创立者之一吴广，命丧于张楚捍卫者之一田臧之手。同室操戈，相煎何急。

这之后，多路义军被秦帝国悍将章邯各个击破，周文、田臧、李归等张楚名将相继喋血沙场。陈胜率众退出陈县，转战途中，竟遭队伍叛徒暗害。余部"苍头军"虽两度光复陈县，重扬张楚的旗帜，却终究未能扭转颓势。

焰火张楚，盛放之后不是冷寂，而是血色的悲怆，和落满原野的星火。

张楚的剧情急转直下，历史的舞台同步开启了新一轮的起承转合。海内反秦声浪此起彼伏，义旗遍野，刀兵四起，遍地英雄下夕烟。终于，大泽野火被引向了阿房宫。所谓"戍卒叫，函谷举，楚人一炬，可怜焦土"。

张楚旗帜的响应者之一刘邦，在建立了大汉帝国后，感念陈胜的首义之功，追封陈胜谥号"隐王"，为其"置守冢三十家砀，至今血食"。以王侯之礼祭祀陈胜。

司马迁在《史记》中，不仅为陈胜单独列传，还归于王侯专享的"世家"，这既是司马迁对于陈胜历史地位与贡献的认可，也是汉王朝统治者定出的评价标准。

焰火张楚。焰火虽逝，却以它曾经的绚烂，给历史星空留下永久的记忆。"更陈王奋起挥黄钺。歌未竟，东方白。"

2014年4月26日

大泽乡起义　刘佰玥绘

江湖夜雨十年灯

汉武帝元鼎二年（公元前115年），春二月，大雪竟日，淮阳郡内，地面积雪深达五尺。朔风凛冽，旷野苍茫。

病榻久卧的太守汲黯，这天倒觉得清爽，他缓缓起身，移步窗前，透过漫天的飞雪，西望长安。

未央宫里的鹿群，是否悠然依旧？曾承诺很快调他回京的君王，是否还记得当年的"社稷之臣"？竣法苛令的张汤们，是否仍在得意于《越宫律》的冷光？罢黜百家、表章六经的施政方略之下，黄老之学是否已消融于市井朝堂？

这已是这位羸弱老者卧治淮阳的第七个年头。往事渐远，但当年朝堂之上，和君王围绕是否去淮阳的那番对话，仍时时回响在他耳边：

"臣自以为填沟壑，不复见陛下，不意陛下复收用之。臣常有狗马病，力不能任郡事，臣愿为中郎，出入禁闼，补过拾遗，臣之愿也。"既是诚恳表明心志，也有乞怜骸骨的央求。

"君薄淮阳邪？吾今召君矣，顾淮阳吏民不相得，吾徒得君之重，卧而治之。"有器重，有劝慰，也有不容置辩的君威。

于是，出庙堂之高，行江湖之远，汲黯来到了中原名郡、楚地之郊的淮阳。

此时的淮阳，民间私铸钱币成风，豪强横行，盗匪四起，官府与民众处处对立，赋税徭役均不能正常施行。太守新履，万方多难。

躯体之病与淮阳之病，何轻何重？何治何医？自身性格中的倨傲严正、疾恶如仇，与黄老之学倡行的无为守中、清心寡欲，何得何失？何弃何从？此时的汲黯，已无暇理清头绪，江湖风波，渐次涌来。

淮阳果然凶险。郡丞、书吏屡屡获利于豪强，处处设置障碍，掩盖真相，致使明火执仗、强取豪夺之事无从查究；衙吏役卒贪生怕死，畏避刀兵，致使盗匪杀人劫舍、血刃无度，却不被清剿；废"半两"、兴"五铢"后，家家起炉，户户冶铜，官民兵匪围绕盗铸私钱，已结成统一的大利益集团，范围广，人员多，浑然一体，若欲治理，更是无从下手。汉王朝制定的赋税法令、徭役律条，在极度"吏民不相得"的状况下无法推行，郡治财力无从谈起，王朝任务难以完成，而若稍有更正，民变即生。

生性无畏的汲黯，不为物象所役，矢志求治。在具体方略上，以不变应万变，仍沿用他任东海郡太守时的路子："择丞史而任之""责大指而已，不苛小""弘大体，不拘文法"，等等。身体病弱，就常常躺在睡榻上批阅文书，审理案件，下达指令。

经历了呼啸而来盗匪的聚众围攻，经历了深夜秉烛为公时刺客的冷箭，经历了旧疾发作痛苦而垂死无望的挣扎，经历了无数铭刻在生命中而未能记入历史的桩桩件件。

七年走过来，淮阳早已政清人和。郡县治理有序，民众各守其本。太守也在衙署内建起了既是承托其多病之身，也是寄寓其胸中之志的卧治阁。

第一重江湖，在汲黯的静卧静思间，归于风平浪静。

所以，在这个淮阳有史以来最为宏阔张扬的大风雪的早晨，汲黯放眼注视的，是千里之外、朝廷之中的第二重江湖。

朝廷更是凶险。朝廷之中，他固然有卫青、李息这样居高位的知己，但卫青忙于军务，久于征战，无暇顾及政见得失；李息生性谨慎怯弱，不敢直谏。而宿敌张汤之流，仍主持朝中要务，且深得皇帝信任。以张汤欺媚之行径，狭窄之器量，对于多次公开指责他的汲黯，是必欲除之而后快的。

汲黯曾出任右内史一职，即是张汤死党公孙弘竭力向皇帝推荐，貌似举才，实藏杀机。右内史职责内多涉及王公大臣和皇室宗亲，稍有不慎，就会招致祸端。也亏得汲黯正直勤勉，任职数年，政务井然，方得全身而出。一计不成，张汤之流又会生出什么念头对付他呢？汲黯每念及此，便觉惴惴不安。

而更让汲黯忧心忡忡的，是皇帝对他的态度。从当年被皇帝赞叹为"社稷之臣"，到后来被指责"人果不可以无学，观黯之言也日益甚"，再到因犯小错而遭免官。天心虽难测，但显然秋风弃意已起。自己远放淮阳数年，再有谗言达于皇上，只恐这病残之躯，也将无处安置了。

世事如棋。就在汲黯于风雪窗前凝望长安之时，长安城中，张汤事败自杀。汉武帝审查张汤所为，多次忆及汲黯对张汤的指斥和弹劾，越发觉出汲黯言辞尖锐直率之下的忠心与正直。

第二重江湖风浪，终被化于无形，波澜不惊。

这场风雪之后，汲黯依旧卧治淮阳。皇帝恩宠日隆，同僚青眼有加,百姓拥戴相随。卧治阁前,一时花团锦簇。

汲黯此时却没有丝毫的轻松愉悦,他深陷第三重江湖的旋涡,无法自拔。

那就是内心的江湖。

汲黯笃信黄老之术,奉行老子的"道"论,兼蓄阴阳五行学说和"形名"之辩,主张"无为而无不为"的治政理论。他不仅以黄老学说为处事立身准则,还将其作为施政理念来坚持和推广,期望着黄老学说一统下的长治久安。而武帝登基不久,即采纳了董仲舒"罢黜百家,独尊儒术"的主张,推广儒家教义,重用信奉儒术的读书人。王朝政治伦理,迅速向儒家标准靠拢。

汲黯强烈地对抗过,但于事无补。他眼看着黄老学说被边缘化,被异端化,眼看着他曾经不屑的儒生们,相继进入国家权力中心。他在痛苦中坚持,在挣扎中选择,但入骨融血的黄老,不可动摇地排斥着他试图努力接受的孔儒。当一切都越来越趋于无望的时候,汲黯知道,他是要沉沦于内心的江湖了。

武帝元鼎五年(公元前112年),汲黯病殁于淮阳太守任上。身后没有归葬故里,而是就地安葬。汲黯以黄老之学将淮阳治理得百业俱兴,他或许是以托身于这片土地,来为其奉行终身的黄老学说殉道。

2014年5月24日

汲黯卧治阁　刘佰玥绘

了无血性的血色

人类的众多行为中，最为冷酷惨烈的莫过于战争。这种以杀戮为手段，最终达到政治、经济目的的激烈对抗过程，为智慧、忠勇、凶悍、残忍提供了宽阔的舞台，也时时展现着呼啸沧桑的男儿血性。

或是基于民族大义，或是基于家国情怀，或是基于军人职守，或是基于男人本色，或是基于对生命尊严维护的本能，血性，应是始终回荡在厮杀呐喊之中的背景音乐，是唯一绽放在白骨之上的美艳花朵。

否则，流血的定义只能是屠宰。

晋怀帝永嘉五年（公元311年），太尉王衍、襄阳王司马范等率领西晋王朝仅剩的精锐之师和一干王公贵族十余万人，护送东海王司马越的灵柩，离开项（今河南省沈丘县槐店镇），欲还葬东海（今山东省郯城县北）。当这支送丧的大军行至苦县宁平城（今河南省郸城县宁平镇）时，被羯人石勒率轻骑部队追上。

中原四月，以油绿无垠的麦田为背景，上演了一出人间惨剧。

在击溃了简单的小股抵抗之后，石勒的两万骑兵将西晋的十万之师团团围住，箭矢如蝗。

原本甲胄森严、有模有样的晋军，此时集体神志尽失，无助地祈求祷告，无谓地躲避，无目的地窜突奔跑，到处是惨叫声、哭泣声，没有人振臂高呼，没有人奋力一搏，都在以最低级动物的本能寻求生命的苟延残喘。战争，在此刻演变成了一幕情景单一的表演：石勒骑兵不断重复着张弓射箭，晋军数万之众不断承受着中箭和奔逃践踏。

千年之外，读史至此处，犹觉精神麻木、行尸走肉者不幸不争之不可恕。

这是一次游牧民族组成的民间武装力量对西晋帝国中央军的屠杀，这是一次冷兵器时代两万之众对十万之师的屠杀。

军队的性质和数量，已经不能决定谁为刀俎、谁为鱼肉，战斗的意志和军人的血性既已消融于原野的风中，汩汩流淌的鲜血也徒然"肥劲草"而已。

血色渐浓，哀号渐消，十万晋师全军覆没，无人幸免。

"围猎"结束后，太尉王衍、襄阳王司马范、任城王司马济、西河王司马喜、梁王司马禧、吏部尚书刘望、太傅长史庾敳等悉数被俘。石勒在军帐中接见了这些当世名流和朝中重臣，询问他们晋朝何以如此衰败。

因为地位最高、名气最大，也因为求生欲望最强、口舌功夫最好，清谈派代表人物太尉王衍讲得最多。他对石勒"具陈祸败之由"，声称计策都不是自己定的，并表白说自己从小就没有当官从政的愿望，不愿参与朝廷事务。话到此处，又风向一转，称晋朝气数已尽，劝石勒顺应天时，早日登上皇帝宝座。其他一干人等也都纷纷为自己开脱，以求免于一死。

可叹平日里风姿优雅的名士，威仪不凡的王公，此刻竟相屈膝逢迎。帐外满目的血色，不仅没有激发他们体内的血性，反而淹没了仅存的骨气。

对这些空有皮囊的东西，石勒懒得动刀，"使人排墙填杀之"。

宁平，因汉光武帝刘秀的妹妹宁平公主刘伯姬封邑之地而得名。在20世纪80年代，宁平镇的群众蹲在地头搁大方（一种地方棋类游戏）时，还都能随手捡些铜箭头做棋子用。而在宁平镇东南、西南几处低洼的地方，还曾发现大量的尸骨，其中不少都带有箭痕。

白骨累累，黄土一抔，名士贵族亦然，士卒役吏亦然，慷慨赴难亦然，畏缩苟且亦然。但千秋功过，总要待人评说。

宁平之战多年后，东晋名臣桓温北伐，眺望中原慨叹："遂使神州陆沉，百年丘墟，王夷甫诸人不得不任其责。"

这位让人愤恨不已的王夷甫，就是那个媚敌求活而不得，徒留笑柄于世的西晋重臣兼文化名流王衍。

魏晋时期，从老庄学说演化出来的玄学之风盛行，玄学立论，以为"天地万物皆以无为本。无也者，开物成务，无往不存者也。阴阳恃以化生，万物恃以成形，贤者恃以成德，不肖恃以免身。故无之为用，无爵而贵矣"（《晋书·卷四十三》）。通常，名士们就玄学的交流，都是以清谈为主。

自恃风度的名士们，相聚于风景优美之处，手挥麈尾，青梅煮酒，谈玄论虚。他们不谈儒，不谈道，不谈民生，不谈时政。在这些魏晋士人看来，只有玄学才是高尚的，其他都是不屑为之的俗务。

王衍就是在这种背景下，练就了一身过硬的清谈本领，"口不论世事，唯雅咏玄虚而已"。在他的倡导带动下，崇尚清谈的风气在朝野上下迅速流行开来，社会上开始以不理实务、虚浮放诞、得过且过为荣。没有人愿担当，没有人干实事，西晋王朝的病态，在无可救药地快速加剧。

看似风雅的清谈，不仅没有提升王衍做人的格调，反而在无视天下、无视苍生的理念支配下，助长了他的狭隘与自私。"虽居宰辅之重，不以经国为念，而思自全之计"，终于在石勒的刀刃前，上演了一出魏晋士人的丑剧。

我们今天津津乐道的魏晋风度，其实不过是中国知识分子对不敢担当的萎靡状态的自我掩饰；我们所崇尚的由建安文学延续而成的魏晋风骨，其历史的真实，却往往是有风而无骨。

失却血性和骨气，是军人的耻辱，也是知识分子的耻辱，更是一种人性对生命的犯罪。

2014年6月10日

宁平之战故址　刘佰玥绘

怀才的遇与不遇

曹植是个很有才华的人，又时时表现出远大的政治抱负。他出生于帝王家，文采风流，名满天下，却郁郁不得志，弄得形销骨立，客死他乡。这让后世很多自认为有才华，想拿才华换取些什么，却总觉换得亏本的文人感喟不已，认为自己就是曹植的翻版。

于是，曹植被象征化了，成了"怀才不遇"的经典化身。

太和六年（公元232年）早春，魏明帝下诏"以陈四县封植为陈王，邑三千五百户"（陈寿《三国志·陈思王植传》）。于是，今天的河南省淮阳县，便成了曹植生命的最后一处驿站。当年十一月，曹植病死于陈王任上，死后被他的侄子魏明帝曹叡赠谥号为"思"，所以他也被称为陈思王。

曹植之所以被后人认为占了天下八分的才华（谢灵运的观点），主要还是缘于他的《洛神赋》写得太精彩了。曹植仰慕不已的这位美妙绝伦的洛水女神，就是传说中伏羲的女儿宓妃。而曹植最后来到伏羲生前战斗、死后安葬之地陈国，并最终也死在这里，实在是有点儿设计人生的嫌疑。而陈国的百姓则是帮助他把设计进行到底。

出淮阳老县城，向南走三四里，有南北一线排开的四座高大土冢，豫东一带群众称之为"思陵冢",说是曹植的墓。这一说法最早缘于何时已不可考,至少明朝的文献就这样说了。即便到了20世纪70年代,山东东阿鱼山脚下的曹植墓已被考古发现证实之后,豫东一带的群众(包括不少学者)仍坚持称"思陵冢"就是曹植墓,或退一步认为是曹植衣冠冢。何也?感情上舍不得罢了。

古陈国这一带,历史悠久,遗迹众多,数千年间被人们祭祀纪念的名胜,多是与某种文化传承、人文精神有关,比如太昊伏羲陵、老子太清宫、孔子弦歌台、太康高柴庙、扶沟大程书院、苏子读书台等等。而那些凭世袭或分封而权倾一时的王侯,如周王朝时期的26位陈侯,两汉时期的16位淮阳王或陈王,却不见留下什么供人们瞻仰或念叨的东西。这固然有多种原因,但都与豫东一带重教化、尚礼仪、崇文乐的民风有直接关系。

所以陈国百姓觉得,结缘曹植这位重量级文化人不容易,既然他这么"不客气"地死在咱的地界,咱就顺势把他设计成"葬"在这里,留个念想,添些文气。

于是,也不顾陈寿《三国志》中"植登鱼山,临东阿,喟然有终焉之心,遂营为墓"的明确记载,不顾其子曹志遵父命"返葬于阿"的史实,不顾曹操一生提倡节俭、反对厚葬、厉行薄葬,而曹丕、曹植恭从不忤的美政,不顾这工程浩大的巍巍土冢只可能是汉代王侯墓葬的合理推断,把大家叫习惯了的"四里冢",谐音改为"思陵冢",让外乡人听了,很自然地就联想到死在这里的八斗才子曹植。于是,原野之上兀然而立的土冢,顿时诗情画意得不可收拾。

而稍有历史和训诂常识的人,总会感觉得"陵"与"冢"并用,是很奇怪的。在东有汲冢、西有召陵、北有太昊陵、南有华佗冢的环境里,出现这么个"思陵冢"的称谓，着实让人不能理解。就像今天看到一个人名字叫"张三3"，你会觉得，要么是有人恶作剧，要么是弄错了。

曹植确实有才，但只是文学才华而已，比起他老子曹操在政治、军事、文学诸领域的纵横捭阖、张弛自如，实在差得太远。可他偏偏要怀着经国济世之志，有事没事总嚷嚷着要"建永世之业，流金石之功"（曹植《与杨德祖书》），却没有建功立业成大事者的严谨自律，反而任性放荡，不自雕励，处事无信，饮酒不节。

所以，在曹丕、曹叡父子当政时，"植每欲求别见独谈，论及时政，幸冀试用，终不能得"（陈寿《三国志·陈思王植传》），让曹才子怀才不遇得惆怅绝望，积郁成疾。

曹植强烈的不遇感，其实是自我认知错位造成的。

你所具有的是文才，已经凭《登铜雀台赋》《洛神赋》等独领一时风骚。即便死后在鱼山脚下睡踏实了，还有几处像"思陵冢"这样"张冠李戴"的纪念地，在拿你展示文艺范儿。尔曹身灭名犹显，不废江河万古流，"遇"得算是可以了。可你偏要妄求秦皇汉武的功业，认为达不到预期的位置就是不遇了。刘备草鞋编得好，但要谋大刀队长的职位，断然争不过关羽。不能凭编鞋之才谋舞刀之位，得不到就说自己怀才不遇，天下哪有这般道理。

怀才的遇与不遇要看几点：一是怀什么才，求什么遇，别老想着跨界；二是大家认可，行内抬举，已是很好的遇了，不能总期盼权位金钱之遇；三是要有与才华相匹配的品德修养、行为习惯，给所怀之才以合适的施展渠道；四是要有真才华，不能是自我感觉良好，别像赵括，遇出那么大的动静。

中国传统文人多患有"怀才不遇"的通病。读过几年书，写过几首诗，制过几篇策论，便自命不凡起来，每每摆出"放眼四顾，安邦治国，舍我其谁"的姿态。

其实若从应有的纯粹和格调来衡量，中国文人，顶峰在屈原，终结于司马迁，此后已是踪迹难觅。

后来的所谓文人，都在试图拿才华换点什么，换不来抱屈，换少了喊亏，功名利禄不断扭曲着才华的本质，这也是他们总感叹不遇的思想根源。

2014年7月7日

曹植造像　刘佰玥绘

辉煌尽处的悲凉

在中国四千余年的奴隶制和封建制发展历史中，宗族势力都是一股不可低估的力量。尤其是在魏晋南北朝时期，门阀政治制度盛极一时，豪门望族如群壑连绵，主导国运，引领时尚，风光无限。阳夏（今河南省太康县）谢氏家族，就是其中极有代表性的一支。

谢氏家族的影响，始于三国时的谢缵。如同大江大河的源头未必浩瀚，谢缵只是任了魏国的典农中郎将，在史书中挂了个名。后因永嘉之乱，谢氏家族由中原的阳夏，随西晋皇室南迁，选定浙江东山（今属绍兴市）作为落脚点。

谢氏家族鼎盛的代表人物谢安，便出生在这处曹娥江和剡溪江交汇的山水灵秀之地。谢氏家族异乎寻常的蓬勃之势，由此尽现江左。

因为淡定善辩而名满天下，因为智扼权臣桓温化解了王室内忧，因为亦谋、亦决、亦天、亦运的淝水之战挽救东晋王朝于风雨飘摇，谢安红极一时。能给予的赞誉、能赏赐的珍宝、能加封的官爵，皇帝都毫不吝啬地一股脑儿给了，甚至能任用的他的宗亲，皇帝也都安排了。

建康乌衣巷里，拥塞了天下无尽的仰慕与嫉恨。

谢氏星空另一颗璀璨夺目的巨星，应该就是开宗立派的谢灵运了。

他以百余篇寄兴山林、陶然忘机的诗作，被尊奉为中国山水诗派的鼻祖，数百年后仍滋炙了李白、王维、孟浩然等一干弟子；他提出融会儒、道、佛的系统理论，超越那个时代；他精通梵文，长于佛经翻译，以致很多佛教经义，自他离世即成千古之谜。

江左山川，荫袭了无尽的风情和灵秀。

二百多年间，谢氏一脉"将相公侯，文人学士，奕世蝉联，难更仆数"（苏东坡语）。六人先后出任宰相，四十余人相继进入王朝统治的权力中心，三十多人在文学史上占有醒目席位。

大剧恢宏。谢氏族人借时代风力，凭过人才华，实现了中国宗族历史的辉煌。

然而，辉煌之中，必然孕育着无数的拐点基因；辉煌尽处，终究显现出耐人寻味的悲凉。

位极人臣的谢安，很快遭遇了政敌的攻讦，为避祸远离京师，后身患重病，经多次上疏乞求，才得以回到建康家中，算是没有客死他乡。生前是王朝的中流砥柱，死后墓碑上却了无一字。平生功业，未便评说。不知当年东山报捷的马蹄，能否踏出千百年后的回响。

被毛泽东评价为"此人一辈子矛盾着"的谢灵运，以他的一生，非常生动地进行着把性格上的率真转化为政治上的幼稚的实践。想做大官而不能，"进德智所拙"也，做林下封君，又不甘心。犯了点小事，却要兴兵拒捕。被从宽处理流放广州，又密谋使人劫救自己。最终，被以"叛逆"罪名腰斩于市。祖籍河南，生在浙江，死于广州，葬在江西，谢灵运的灵魂，终是漂泊的，在田原山林间，在历史时空里。

谢氏族人，或如夏花怒放，或如秋叶飘零，其间的生死沉浮，有多少是命中注定，有多少是时运难违，又有多少是"人作孽不可活"。

谢氏宗族通过世袭、"内举不避亲"和联姻等方式，势力得以迅速发展，在代代效力于朝廷的同时，又屡屡获罪于朝廷，以同罪或株连，或被杀得血满江岸，或困死牢狱弃尸荒郊，或远谪荒蛮沦为野人。

乌衣巷谢氏家族，在东晋、宋、齐、梁诸朝，先后有三十多人被皇帝下了重手。这之间的种种刑罚，哪些是罪有应得，哪些是对宗族坐大的忌惮与打压，今天实在是难以考证，但有一点可以相信：宗族维护自身利益的力量，怎么也大不过王朝皇权巩固的力量。

我们今天已经可以清晰地看到，门阀政治，就是另一种形式的结党，看似是感情的联谊，实质都是利益的交换。结党的目的很唯一，就是营私，阵势越浩大，目的显露得越清晰，越不会见容于有头脑的主政者。

无功而受禄的世袭显然是不合理的，无责而获罪的株连更是霸道，但两者结合在一起，就有了一定的合理性，至少是达到了一种平衡。

谢氏多豪俊，可惜却过多地看重了权力和名望，过多地享受了一门九卿、权倾朝野的成就感。可能是因为离开中原故土时间久了，忘记了谢姓的同乡、先哲老子讲过的那番道理："持而盈之，不如其已；揣而锐之，不可长保。金玉满堂，莫之能守；富贵而骄，自遗其咎。功遂身退，天之道也。"

谢安"出则渔弋山水，入则言咏属文"的名士风范，谢灵运"清晖能娱人，游子憺忘归"的林泉情怀，终是有点儿摆姿态的嫌疑了。

随着南北朝格局的终结，谢氏家族在风云际会的大舞台上黯然退场。群燕掠过，又有谁会去辨识哪只曾筑巢于谢家堂檐。

悲凉，不应是辉煌尽处的风景，却是对辉煌的另一种注释。

2014年8月14日

旧时王谢堂前燕　刘佰玥绘

终是过客

当年的书院，无论是书声琅琅，还是人迹杳寥；无论是堂舍轩昂，还是竹篱疏落；无论是都市红尘中的清逸，还是山间明月下的执着。这一切都或多或少、或真或假地寄托着某种道的意味，儒学传承之道，人格完善之道，价值取舍之道，等等。

从性质和功能来论，书院滥觞于孔子的杏坛，成型于唐，兴盛于宋，衰微于清末，在中国文化史和教育史上发挥了重要的作用。随着岁月的流逝和时光的打磨，书院在今天，已成为一道历史深处旖旎的风景。

位于中原腹地扶沟县的大程书院，是这道风景中，未必招摇却耐人寻味的一个存在。

宋神宗熙宁八年（公元1075年），程颢出知扶沟。

此时的程颢，已是名满天下的大儒。虽出于周敦颐门下，但汲濂学之滋养，而脱越其囿固，"明于庶物，察于人伦。知尽性至命，必本于孝悌；穷神知化，由通于礼乐。辨异端似是之非，开百代未明之惑。秦汉而下，未有臻斯理也"（程颐《明道先生行状》）。即便减去几分其弟程颐行文中的誉美，我们也可以认识到，程颢，已由一个研究型学者，成功转型为一个思想型学者。

而这一时期，程颐也侍奉着他们的父亲程珦，一同来到扶沟。

二程深思精研，博取约收，其所创洛学，既承纳了新儒学草创时期的积极成果，又融会了濂学、关学、象数学等当世诸学精华，以其深刻的内省精神和严谨的逻辑体系，与宋王朝统治理念和社会价值取向形成共振，成为北宋理学的顶峰。

人生至苦，或许就是思想者不能传播其思想了。程颢不堪其苦，也就顺应当时世风，在扶沟办起了书院。

大儒办校，如大匠攻木，必不拘于榫卯。

程颢显然不是要纳一帮黄髫小儿，背诵"天地玄黄"，也显然不会领着些迂腐书生，研修"仁远乎哉？我欲仁，斯仁至矣"。他是要行大道，广为传播其"存理灭欲"的社会生活价值原则，既要形成学术体系，又要构建门派体系。

深谙"没有门徒就没有孔子"道理的大程也同样明白，没有学生就没有理学。

于是，扶沟的书院刚一筹建，程颢就召其得意弟子游酢前来掌管学事，后又相继把杨时、吕大临、谢良佐一干弟子延入书院。这四人虽然在程门称为四大弟子，但在当时的北宋社会，却都已是令无数学子景仰、令朝廷深为关注的大学者了。

更为难得的是，因为二程的父亲程珦在扶沟，二程的表叔，也是当时理学宗师、思想界前辈的张载，也曾前来探望。张载与二程，这几位不世出，却偏偏并世而立的人物，此刻会交流些什么？是青梅煮酒，还是华山论剑，史书并没有明确的记载，但我们可以想象到，绝不是家长里短、油盐酱醋的闲事。

"大道如青天"。程颢在扶沟期间，一方面，恪尽知县职守，赈灾减赋，济世安民，"不愧古之循吏"（杨希闵《宋程纯公年谱》）；一方面，投入大量精力创办书院，汇聚天下英才，提振中州文风。在这个小小书院里，学术与思想的传播、交流、碰撞，如核裂变般生发出巨大的能量。中州古城扶沟，一时成为北宋理学中心，领尽天下风骚。

繁花万树，代谢有时；梁园虽好，终是过客。规律，还是规律，在引导着我们审视历史的幻化无度。

宋神宗元丰四年（公元1081年），程颢因故黯然去职，结束了近五年羁旅中原的生活，重返洛水之畔。对于深深系念着他的扶沟而言，夫子程颢，终是过客。

程颢创办的书院，在程颢离去后，相继被称为明道先生祠、明道书院，清乾隆年间改为大程书院，名称沿用至今。书院自北宋以来多有改建和扩建，几移其址，数增其量，现存清代建筑六十多间，朴素规整得总让人联想起大儒的衣冠。

这座当年曾呈现了极度奢华之思想的书院，如今是一处回望与怀旧的博物馆。如同天下无数曾喧嚣一时的书院一样，大程书院也早已不具有思想与文化传播主阵地的功能。从这一点看去，千年书院，终是过客。

程氏兄弟赖以立身扬名的理学，把中国儒家思想系统地社会生活化了，进而成为禁锢思想、规范行为的工具，在此后八百余年的封建统治中，为构建符合统治者意志的社会秩序，发挥着不可估量的作用。如果说人民群众是一群羔羊，二程理学终于给统治者找到了牧羊的鞭子。

物是人非，当羔羊站出了主人翁的姿态，鞭子又有谁再去扬起？理学毕竟是儒学的一个阶段，儒家思想毕竟是中国主流意识形态的一个阶段。无限风光之后，程朱理学，终是过客。

二程去后，不复二程，但他们身上传递出的那种不断探索、不断求实、不断创新的求知精神，和学者的家国社稷意识，还有那充盈于荒寒长空中的立雪情怀，却时时给我们以启迪，历久而弥新，并将永久驻留在这方土地上。

2014年9月18日

大程书院　张彦绘

湖光供养

宋神宗熙宁四年（公元1071年）暮夏，初来陈州（今河南省淮阳县）的苏轼，旷放的胸襟间，塞满了一路的蝉噪，满眼林木的浓绿，怎么也漫不过脑海中宫阙的朱红。

这是34岁的苏轼踏入仕途十多年来，第一次被贬谪，第一次遇冷眼，第一次知道正直和才华在权力和阴谋面前的苍白无力。当年"一出夔门天地宽"的人生得意，看来不过是未谙世事的年少轻狂。

正是因为这若干的第一次，让以贬谪为仕宦生涯和人生履历主要标签的苏轼，一时显得难以适应、难以调整。其后17道圣谕或官文，让这位在多个文化艺术领域张弛自如的千古奇人，独独在动荡多变的政治格局里一路跌跌撞撞、起起伏伏。但此后无论是"乌台诗案"中的命悬一线，还是琼州风雨里的饥苦困顿，抑或漂泊迁徙中家人的离乱诀别，再也不曾让我们的诗人蹙眉顿足、太息落寞了。

对人生际遇的适应与参悟，加之以通达不碍的个人秉性，让我们今天通读苏轼的诗文时，几难寻找到怨艾的气息，处处真力弥漫、恣肆空灵。

如果说这之间有一转折点，其地理坐标，就是陈州。

苏轼是在出任杭州通判的路上，应时任陈州州学教授的弟弟苏辙邀约，来到陈州的。

陈州地古，数千年间因自然和人力形成的环城湖，在宋时就已有近万亩的水面。湖中浮荷无际，堤上柳树成荫，更兼长风振衣，明月盈怀，让苏轼顿觉风尘尽洗，块垒几消。于是他息了鞍马，停下脚步，在陈州一住就是七十多天。

湖的西北角，绿柳红荷掩映之中，有一块高地，原是苏辙常去读书的地方。苏氏兄弟就势筑台，建起了亭子，置了石几，谓之读书台。这里便成了他们聚友阔论、读书吟诗的绝佳去处。

湖光潋滟，群鹤排云，渔舟唱晚，秋水长天，在这样的环境里，苏轼只能读老庄之书，诵太白之章，参云水之变，以此与胸中积郁相冲销，胸怀越发澄澈。而兄弟间的手足情深，朋友相处的坦诚率意，更让苏轼深觉人生之足。而此外，夫复何求？

读书台上，无限湖光之中，苏轼重新认知了生命、认知了苦乐、认知了人之循道与文以载道、认知了所处的时代与宋王朝。这之后，他仍然积极入世，仍然一次又一次地被抛落，但始终通达。

陈州的湖光，洗映苏轼为一智者。

此后千年，读书台几毁几复，终至颓败。

1996年春，淮阳县大规模浚修万亩城湖，并拟重修苏子读书台。笔者看到设计效果图后，欣然应约，为其撰写《苏子读书台重修记》："……其人者贤，其文者质，其台者显。后人亦称读书台为'子由亭'，或谓柳湖为'苏湖'，历代加以修葺，遂成淮阳一大胜迹。……萍天苇地间，再现亭台；落霞孤鹜处，又闻书声。斯诚苏子之幸，古陈之幸，亦为斯文教化之幸也。"可惜受多种因素影响，读书台迟迟未能按照规划重获新生。守望千年的湖光，何时再能映照当年的文采风流？

　　历史文化遗迹的恢复重建，在社会安定、经济发展、"文化"泛滥的今天，犹须慎之又慎，要有历史的依据、科学的态度和人文的精神为原则，认真把握好哪些该办，该怎么办，哪些不该办，为什么不该办，把该办的办好，对于不该办的，不能因为头脑发热或利益取舍而妄为。否则，决策者落笑柄倒不怕，那是无知的必然代价，展现给后人的这个时代在精神追求方面的荒疏，就是难以抚平的疮疤了。曾喧嚣一时的所谓"中华文化标志城"项目，就让我们倒吸一大口冷气。

　　辞别陈州的湖水，苏轼这叶飘摇之舟，径直驶入浓妆淡抹的杭州西湖。在这里，苏轼有两大收获，一是他坚定地相信杭州是他前生居住的地方，二是他在这里完成了自身智者与仁者的高度融合。

　　苏轼因杭州而更加苏轼，杭州因苏轼而越发天堂。

　　通判的职责既单一又不是苏轼所好，所以他把更多的兴趣和时间，投放到了西湖的湖光山色之中。"西湖天下景，游者无愚贤。深浅随所得，谁能识其全。"（《怀西湖寄晁美叔同年》）苏轼就在这深深浅浅之间，细细品味着西湖的灵性与禅意，回味着陈州柳湖的野逸与脱略。两处湖水，在他胸间漾出无尽波痕。

　　宋哲宗元祐四年（公元1089年），离别西湖15年的东坡居士，领了知州的任命，再回杭州。这次他不仅在湖光美景中沉醉依旧，更是有足够的资格和手笔来做西湖的文章了。

　　此时的西湖，由于多年未加清理，湖底上升，湖中出现了一片片的私田，所余不足六成的水面上，疯长着密密的杂草，百姓生活饮水、灌溉用水都已严重不足。

苏轼上奏章《杭州乞度牒开西湖状》,认为"杭州之有西湖,如人之有眉目,盖不可废也"。随后,他奔走集资,发领百姓以工代赈,亲临湖中设计指挥,将清挖出来的淤泥,在湖中间筑起一条贯通南北的长堤。疏浚一新的西湖,生机无限。"苏堤春晓"以它"十里长虹,焕成云锦"的韵致,位列西湖十景之首。

情牵黎庶,治任有方,杭州的湖光,折射出苏轼为一仁者。

襟怀博大,既有一粟又有沧海,既有蜉蝣又有日月,既有庙堂又有林泉,既有诗赋又有苍生,所以苏轼灵秀智慧而及于仙,磊落坦荡而近于愚。

知子莫如父,苏洵在《名二子说》中慨叹:"轼乎,吾惧汝之不外饰也。"不注意对自己内心世界的掩饰,在强权与刀锋面前仍然无所退藏,天性与气度赋予苏轼一生的颠沛流离,却也成就了千古苏轼。"器识文章,浩若江河行大地",后人的评价,足慰他半生的无奈。

陈州杭州,湖光依旧;何得供养,相与千秋。

2014 年 11 月 8 日

寿圣：佛塔的儒影

　　塔，原本是古印度的佛教建筑，主要是用来埋藏佛舍利、佛骨的，之所以建这么高（要知道在两千多年前，建造这样的高层建筑是一项浩大的工程），一方面是纪念佛祖的无上功德，另一方面是为了弘扬佛法。

　　在公元1世纪的东汉时期，古塔这种建筑随着佛教一起传入我国，并不断与我国固有的建筑形式和民族文化相结合，形成了具有不同时代特点和地域特色的建筑风格。功能上，也由储藏高僧舍利或佛教经卷的宗教文化需要，扩展到镇邪驱恶或颂贤扬善的民俗文化需要，直至今天的产业经济需要。

　　由此看来，塔在中国这两千年，既是建筑，也是文化；既是高僧对来生的寄托，也是民众对佑护的需求；既是山野间宗教出世的，也是繁华中烟火入世的。塔，已成为中国传统文化的重要组成部分，和支撑其间的柱梁之一。

　　地质意义和人文意义一样古老的豫东平原，因为黄河水一次次泛滥冲刷，因为兵灾战火，地面以上能反映其古老的历史遗存不多了。

　　而就在这广袤空旷之间，在不足百公里的距离内，矗立着两座千年古塔，都被称为寿圣寺塔，都是平面呈六角形的阁式砖塔，都是始建于宋重建于明，都是国家级重点文物保护单位。

这么多命运的重叠，使这两座雨打风蚀的古塔，又平添几分岁月的味道。

为什么两座塔都被称为寿圣寺塔呢？这要从寿圣寺的来历说起。

公元1064年，宋英宗赵曙即位，改元治平。《宋史·卷十三》记载："八月癸巳，（英宗）以生日为寿圣节。"在儒家理学兴盛的年代，宋英宗以自己生日为节日，命名寿圣，显然在给自己的人生进行目标定位——既长寿又圣明，符合人的基本愿望和儒家价值观。

近年有些学者撰文，认为寿圣节是英宗为悼念其父仁宗而以仁宗生日确定的，这显然有误。《宋史》中明确记载，宋仁宗是"大中祥符三年四月十四日生"，宋英宗是"明道元年正月三日"生，《宋史·卷一百一十二》又记有"英宗以正月三日为寿圣节"。寿圣节所贺何人是很明了的。

古代以皇帝的生辰定为节日，始于唐玄宗，最初称千秋节。到了宋代，变得更为规范，也更为复杂，除南宋最后三位皇帝沦落天涯，居无定所，无暇节庆外，其余15位皇帝均有以自己生辰命名的节日。这种节日的庆典，被正式列为"五礼"中的嘉礼。

宋代这种礼制形成之初，就和佛教有了紧密的联系。太祖建隆元年即明确规定，于都城东京大相国寺建道场以祝寿，百官也都要前去上香祈福。英宗排场做得更大，把各州府县香火旺盛的寺院，统一改名为"寿圣寺"。他的儿子神宗沿袭了这一做法，以赐额的方式，又改称了一批"寿圣寺"。或许是"寿圣"吉祥的寓意，到了两百年后，已是风雨飘摇的南宋度宗时，江苏泰州等地仍在建寿圣寺。甚至是改朝换代了的元成宗时，江苏宿迁等地新建寺院也称寿圣寺。

由此算来，在今天的河南、陕西、山西、江苏、浙江、湖南、广西、河北等地，分布有几十处寿圣寺或寿圣寺遗址。

寿圣寺已因其历史悠久，分布广泛，格局宏阔，寓意深刻，而成为一种独特的历史文化现象。

豫东平原上现存的这两座古塔，一为商水寿圣寺塔，一为太康寿圣寺塔，都是寿圣寺文化的重要载体。两座寺院均建于宋代，香火旺甲一方，元代时毁于兵燹，明代又相继由民间人士集资重建。塔楼巍峨，殿宇森然，钟鼓有序，一度恢复了旧时规模。

可惜，像无数中国古建筑群一样，洪水袭来，轰然坍塌，兵火掠过，一片焦土，寺院终荡然无存。

而古塔能够依旧矗立，一则因为由砖石材料建成，不易过火或朽腐；二则因为建筑施工严谨，力学结构独特，更为稳固；三则因为是用于埋藏佛教圣物，使人心存禁忌，不敢或不愿拆作他用；四则因早已成为当地地标式建筑，且那直插云端的笔直，总能引导人们心灵飞升，一直为人们所维护。

于是，千年之下，莽莽原野之上，两座古塔沉默而顽强地向世间昭示着寿圣的祈盼。

两座塔的形制与外观，都带有鲜明的宋塔风格。商水寿圣寺塔第一层的门楣上，清晰可见宋刻"明道二年癸酉岁三月一日丙寅时戊寅日葬舍利院主僧□□□□功德塔"铭文，可知其初建年代，而那时还没有被赐名为寿圣寺。此外，依目前考古勘测，两座塔上再也没有宋王朝的讯息。倒是商水寿圣寺塔室内，藏有明代石碑16方，石雕佛像216尊；太康寿圣寺塔身，嵌砌明代石碑14方，石雕佛像211尊。这些碑碣，对研究明代佛教文化传播和建筑史具有重要价值，而这些石雕佛像，更是明代石雕艺术中的精品。

寿，《说文》谓之"久也"，指年岁长久。《诗·小雅·天保》中有"如南山之寿，不骞不崩"之句。《逸周书·武顺解》中说"天道曰祥，地道曰义，人道曰礼。知祥则寿，知义则立，知礼则行"，提出要通晓并顺应天道才能长久。

圣，是指道德高尚，智慧超异。《孟子·尽心下》讲到"大而化之之谓圣"，大行其道，使天下化之，才是大德大智。

期之以寿，是中国人由来已久的美好愿望，追求圣明，更是儒家文化倡导的价值观与人生方向。以寿圣命名佛教寺院，并被广为接受，千年沿用，从一个侧面说明了儒家文化与佛教文化的融合与共存。

古塔千年，犹有竟时；砖石冰冷，何来德智？

两座塔的寿圣是无从保证的，但两座古塔在时光中的投影，则交织着佛的慈悲与儒的仁德，引领我们追寻寿圣的境界。

2014 年 12 月 20 日

商水寿圣寺古塔　刘佰玥绘

衡门之下的诗意栖息

《诗经·陈风》中有《衡门》篇,文字和情绪都很通达:

> 衡门之下,可以栖迟。
> 泌之洋洋,可以乐饥。
> 岂其食鱼,必河之鲂?
> 岂其取妻,必齐之姜?
> 岂其食鱼,必河之鲤?
> 岂其取妻,必宋之子?

可以明显感受到,这是一首道家文化气息扑面而来的隐者的长歌。《衡门》使我们透过当世耽于名利、追求奢华的社会风气,看到另一类人少私寡欲、安贫乐道、随缘清逸的精神气度。

就是这么主题鲜明的一首诗,历代解诗家却是多有分歧。

《毛诗序》说:"诱僖公也。愿而无立志,故作是诗以诱掖其君也。"此说立论虽早,但因为过于牵强,未能为后世论《诗》者立标定向。汉以后，又多有学者称这首诗是一个没落贵族沦于贫贱、愤懑不平的无奈叹息。郭沫若即沿袭此说，他在《中国古代社会研究》中指出："这首诗也是一位饿饭破落贵族作的。他食鱼本来有吃河鲂河鲤的资格……但是贫穷了，吃不起了。他娶妻本来有娶齐姜宋子的资格——但是贫穷了，娶不起了。娶不起，吃不起，偏偏要说两句漂亮话，这正是破落贵族的根性……"

这两种观点在历史上都曾有一定影响，但细细琢磨，实际上都是从某种社会需要的角度来理解这首诗，或者是从《雅》《颂》的主旨取向来理解《风》，背离了诗的本意，变积极的为消极的，变精神追求的为物质沦落的，显然有失偏颇。

《韩诗外传》记载有孔子晚年，与他得意弟子子夏的一段有趣的对话：

夫子问曰："尔亦可言于《书》矣？"

子夏对曰："《书》之于事也，昭昭乎若日月之光明，燎燎乎如星辰之错行，上有尧舜之道，下有三王之义。弟子所受于夫子者，志之于心不敢忘。虽居蓬户之中，弹琴以咏先生之风，有人亦乐之，无人亦乐之，亦可发愤忘食矣。《诗》曰：'衡门之下，可以栖迟。泌之洋洋，可以乐饥。'"

夫子造然变容曰："嘻！吾子殆可以言《书》已矣。"

可见，同为汉代传授《诗经》的学者，韩婴对这首诗的理解不同于毛公，他借孔子与子夏之口，道出了《衡门》之意在于安贫乐道。汉末蔡邕《述行赋》中有"甘衡门以宁神兮，咏都人以思归"，也表达了相同的意思。宋人朱熹在《诗集传》中，更是明确指出这首诗为"隐居自乐而无求者之词"，应是更为接近诗作者的原意。

　　清人崔述在《读风偶识》中写道："'衡门'，贫士之居。'乐饥'，贫士之事。食鱼、取妻，亦与人君毫不相涉，朱子之说是也。细玩其词，似此人亦非无心仕进者。但陈之士大夫方以逢迎侈泰相尚，不以国事民艰为意。自度不能随时俯仰，以故幡然改图，甘于岑寂。谓廊庙可居，固也，即衡门亦未尝不可居；鲂鲤可食，固也，即蔬菜亦未尝不可食；子姜可取，固也，即荆布亦未尝不可取。语虽浅近，味实深长，意在言表，最耐人思……恬吟密咏，可以息躁宁神。"

　　这番话对于世风人心深加剖析，品味会意，将弦内、弦外之音有机调和，确是切中了《衡门》脉象。而这种从语感入手，细品词句间的情绪味道，来理解释读《诗经》，而不拘于前人成说，营营于字义之变，才是《诗经》研究的应有境界。

　　在《诗经》形成的那个年代，出现了一位东方文化的巨子——道家思想的创始者老子，他在其著作《道德经》中，多处阐释了少私寡欲、顺应自然的道家人生观，如"知足不辱，知止不殆，可以长久""祸莫大于不知足，咎莫大于欲得，故知足之足，常足矣""是以圣人欲不欲，不贵难得之货"，等等。

　　这些话完全可以与《衡门》互为诠释。而老子为苦县（今河南省鹿邑县）人，苦县当时属陈国，距陈国都城不足七十公里。

　　可以想象，陈国地处中原，自周天子分封以来，历十数国君，少经战乱，经济文化较为发达。而至春秋后，礼崩乐坏，纲纪废弛，强邻虎伺，干戈不息，加之治政者昏庸无道，阶级矛盾日趋尖锐，许多节操高洁之士，在人格修养上追求见素抱朴、知足守中，在行为方式上远离奢华、寻求隐逸,形成一时之风。

孔子周游列国,由鲁、卫南行,在陈、楚之间,相继遇到了如长沮、桀溺、荷蓧丈人等一干有着鲜明出世思想的人物。这些人逃避的是"滔滔者天下皆是也"的"无道"现实,表现出的是洞明世事、通达人生之后的放旷与隐逸。

隐逸之举,无论是主动所为还是不得已而为之,其实质都是换一种生活方式,让自己的生命更安全,心灵更熨帖。

这也解释了《衡门》中的"隐者",并不避讳食鱼娶妻之欲,既甘于寂寞,也务实生存。

这也清晰地表明,在这些隐者的"隐居放言"之下,在陈国的土地上,诞生《衡门》诗篇,诞生道家思想,是春至草生般自然的事了。

大象无形,大义微言。开启道家思想诗作先河的《衡门》,不过三章数言。

首章"衡门之下,可以栖迟。泌之洋洋,可以乐饥",描写了诗人居住的环境和在这种环境下的心境。

"衡门之下,可以栖迟"。住所十分简陋,仅以横木为门,想必是蓬牖茅椽、绳床瓦灶,没有高堂深宅,没有雕梁画栋。然而,这并没有使诗人窘迫苦恼,他安然处之,或远望,或高卧,或"草堂春睡足",或"风雪吟诗沉"。衡门之下的世界,自有一番疏朗。

"泌之洋洋,可以乐饥"。门外,清澈的河水静静流过。有鱼在跃,有蛙在鸣,有鹭在飞;有蒹葭苍苍,有云影徘徊,有长空万里。洋洋之水可餐,莲子蒲根可餐,游鱼戏虾可餐,满目秀色可餐。

置身于这般天地,乐而忘忧,超然物外,又有什么可夺我心志呢?

第二章和第三章，以叠章咏叹之法，反复阐释了诗人的观点，着重重申了诗人抱朴去奢的价值取向。

"岂其食鱼，必河之鲂（鲤）？岂其取妻，必齐之姜（宋之子）？"以反诘的形式，表达了不容置疑的肯定态度。食色，人之性也。"河之鲂"，甘食也，"齐之姜"，悦色也，原本无可厚非。而一旦食色之欲与自己的人生价值取舍之道相左，甘食悦色则不可强求、不可妄求矣！

这里写到两个地方的女子——齐之姜和宋之子，是代称或泛指，不是具体指什么人。齐姜宋子，有几点共同之处：都是公侯之女，周王朝的齐国为姜姓，宋国为子姓，齐姜宋子分别指齐国宋国的宗室女子；都以美貌著称；都有着过人的识见才华，比如最为著名的一位齐姜，就曾助其丈夫晋文公成就了霸业。如果把这几点作为择妻标准，而后付诸行动，显然是在搞人生极限挑战。郑玄《毛诗传笺》认为"何必大国之女然后可妻，亦取贞顺而已"，则把这个标准生活化、现实化了。

诗人在当世奢侈浮华的风气之下，苏世独立，横而不流，保持了纯真质朴的本色。读《衡门》受其感染，或生对"衡门栖迟"生活场景的向往，是可以理解的。但人生价值追求，不是一般的情绪感染就能够树立起来，需要长期的历练和思考，甚至是苦其心志之后的痛定思痛；需要长期的沉浸和共鸣，比如在老子《道德经》"尊道贵德""见素抱朴"的智慧长河中击水千里。

衡门之下的栖息，因了诗歌的形式，因了《诗经》的载体，因了诗意的渲染，而变得风华无限。

2011年3月

衡门之下，可以栖迟。泌之洋洋，可以乐饥。岂其食鱼，必河之鲂？岂其取妻，必齐之姜？岂其食鱼，必河之鲤？岂其取妻，必宋之子？

右录诗经陈风衡门 张继书

《诗经·陈风·衡门》 张继书

"胡为乎株林?"

《诗经·陈风》中有《株林》篇,从题目来看就很有意境,文字内容也很是简约隽永:

胡为乎株林,从夏南。
匪适株林,从夏南。

驾我乘马,说于株野。
乘我乘驹,朝食于株。

对于这首诗,汉以降两千年间无数解诗家的认识很是一致,均从"刺灵公也",即谴责第19任陈侯陈灵公,并在这一题义下展开推论考据,深文周纳,代代相沿,步步深入。

为什么对《诗经》中许多篇章解读时,不同时代、不同学者异义迭出,而对这一首仅有短短八句,且语焉不详的小诗却千古同论?原因大致有三:

一是《毛诗序》先声夺人:"《株林》,刺灵公也。淫乎夏姬,驱驰而往，朝夕不休息焉。"以权威之势而立论。二是这一论点看似于史有据。《左传·宣公九年》与《左传·宣公十年》中，翔实生动地记载了"陈灵公与孔宁、仪行父通于夏姬"，陈灵公为夏姬之子夏征舒射杀，引发陈国内乱。三是"美刺"说符合汉以来形成的政治伦理和社会道德观，有助于表达托古改制的愿望和借古讽今的意图。

于是，后人每遇此诗，都在"刺灵公"这一题义之下，引经据典地论述诗史之印证，津津有味地介绍灵公之被杀，不惜回避或着意软化种种硬伤。

研究分析《诗经》形成和流传的时代背景，以及《株林》诗文中的几处关键概念，不难发现汉儒"以史证诗"的牵强与偏颇。

其一，"诗三百"之所以能够汇聚而成，不外乎采诗与献诗两种渠道。周王室设立一种叫"行人"的采诗官，"振木铎徇于路，以采诗，献之大师，比其音律，以闻于天子"（《汉书·食货志》）。或者是规定年满60岁的男子和年满50岁的女子，凡是没有子女的，"官衣食之，使之民间求诗，乡移于邑，邑移于国，国以闻于天子"（何休《春秋公羊解诂》）。《国语·周语》记载有"使公卿至于列士献诗"，让贵族和知识分子献诗，以"补察其政"。这是一种充满浪漫色彩的治政之道。但无论如何浪漫，采诗者与献诗者也不便于将讥刺诸侯国君的民歌，谱上曲子，献于朝廷，周王室统治者更不便将其汇集成册，广而传之。

其二，周王室劳师动众地搜集歌谣的目的，是了解掌握民心风俗，以固其"王化之基"。《礼记·王制》载："命太师陈诗以观民风。"《汉书·艺文志》也讲道："故古有采诗之官，王者所以观风俗，知得失，自考正也。"而《株林》若作灵公通夏姬讲，则只是陈国贵族的私生活，无碍民风，也不致危及周王朝统治，似乎没有必要从众多民间歌谣中，把它选编进《诗经》中去，以自揭其丑或刺激陈国贵族。

其三，《国风》反映民风，多为社会下层人士吟诵出的民歌，往往以坦率、质朴、直白为特色，不事雕琢，不那么隐晦宛曲。正如何休在《春秋公羊解诂》中所言："男女有所怨恨，相从而歌，饥者歌其食，劳者歌其事。"而历代学人解《株林》，却盘桓曲折，发幽探微，穷尽"味外之旨"，显然是在以今律古，忽视了《诗经》形成的时代背景，也背离了文学创作的内在规律。朱熹曾在《朱子语类》中批判《毛诗序》："大率古人作诗，与今人作诗一般，其间亦自有感物道情，吟咏情性，几时尽是讥刺他人？只缘序者立例，篇篇要作美刺说，将诗人意思尽穿凿坏了。且如今人见人才做事，便作一诗歌美之，或讥刺之，是什么道理？"朱熹对于文学，既是实践家又是研究家，体会深刻，这番批驳，殊为透彻畅快。可惜他在解析《株林》时，未脱旧辙，令人遗憾。

其四，前人认为刺灵公的立论之基，仅是"从夏南"三字。《毛诗传》云："夏南，夏征舒也。"孔颖达《毛诗正义》云："征舒字子南，以氏配字，谓之夏南，楚杀征舒，《左传》谓之'戮夏南'，是知夏南即征舒也。"这种生硬的强词，实是让人难以信服。一则夏南是否人名尚须考证，因为《国风》中提到的人名，或为泛称代指，或表敬仰咏叹，均是民间、王侯都认可的正面形象，此外鲜有叙事涉及人名；二则《左传》记载"戮夏南"，何尝不是传抄中"戮夏子南"的漏写，或是指地域，即在夏南一带大肆杀伐，夏氏封地，即处在当时所谓诸夏之南；三则夏南为夏子南以氏配字的省略使用，更是不通，《诗经》《左传》中提到人的字号，都很清晰，如"子都""子产""吉甫""南仲"等，孔丘字仲尼，从未见过哪本书中略为孔尼。

其五，株林究竟是什么？在何处？《毛诗传》称："株林，夏氏邑也。"后人也提出"株"为夏氏邑。历史上夏御叔及夏征舒封地，在今河南省西华县西夏镇一带，没有任何记载显示这里汉以前曾被称为"株林"或"株"，后来"株林"或"株"这些地名指向这里，也是源自汉儒注诗。一人臆断竟成千古之论，足证轻信与盲从之害矣。

其六，陈国都城距夏氏封邑约50公里，陈灵公乘车去会夏姬至少需要五个小时。以他一国之君的身份，不可能夜宿荒野，也不至于凌晨两三点钟就动身赶夜路，他又怎么能"朝食于株"呢？可见株林即便就是夏氏封邑，依前人意解读《株林》，也存在客观上的很大偏差。

综上可知，将《株林》旨意定在刺灵公，于史有疑，于情有悖，于据莫考，只能算是诗学研究的一家之言。

那么《株林》一诗究竟在说什么呢？我们也不妨从"夏南"这一密码来破解。

"夏"一词是"三代"研究中一个重要概念。

夏朝疆域大致包括今天陕西、山西、河北、河南、山东等地，商亡夏后，这一区域内的列国仍泛称诸夏，如《论语》称："夷狄之有君，不如诸夏之亡也。"《荀子》讲："君子……居楚而楚，居越而越，居夏而夏。"夏成了带有浓郁文化意蕴的地理名词。周朝建立后，周王室处处托古，将其庙堂音乐称夏声，即是"中原王之正声"。而古文字中，夏、雅二字互通，夏声即雅声，《荀子·王制》云："声则凡非雅声者举废。"

"南"在《诗经》和大量典籍中，特指楚地的音乐或乐器，已是学界定论。傅斯年先生认为："音乐本以地理为例，自古及今皆然者，

《诗》之有《大雅》《小雅》正犹其有《周南》《召南》。所谓'以雅以南',可如此观,此外无他胜谊也。"(《〈诗经〉讲义稿》)

由此看来,"夏南"应是庄重浑穆的夏乐和诡异神秘的楚地乐舞的合称。陈国与楚国接壤,文化上多受楚国影响,《陈风》中《宛丘》就描写了巫女在音乐相伴下的娱神之舞,《株林》所表现的也当是主人公去参与歌舞活动时的急切之情。

由此推测,株林是一处景色宜人的歌舞场所,且是具有公众性、规律性地开展活动。先秦时期,聚众歌舞往往是带有祈福降神色彩,或与祭祀活动相伴,所以,株林很有可能是陈国宗庙所在地的别称。

这里距陈都城不远,地势开阔,绿树掩映,每逢宗族祭祀之日,民众相聚在此处。祭祀祖先时演奏的庄重典雅的夏乐,与自发演奏的神秘悠扬的南乐,此起彼伏,交相辉映,整个宗庙所在的株林,就成了一处音乐大剧场。

诗的主人公是什么人?诗中只透露他乘坐着四匹马拉的路车。周礼规定,"天子驾六马,诸侯驾四,大夫三,士二,庶人一",主人公似乎只能是有资格"驾四"的陈侯,而非一般的贵族或平民。

对于周礼的认识,后人多是不一致的。比如对于周天子乘车出行"驾六马",自东汉以来即有很大争论,延续了1800多年,直到21世纪初,洛阳城区东周"天子驾六"车马坑被发现。

而这处车马坑的出土,说明"驾六"规制与现象在东周是存在的,但此处使用者未必就一定是天子。其后不久,湖北枣阳九连墩战国墓的发掘中,也有"驾六"出土,其主人是僭越礼制的楚国大夫。2021年初,南阳市疑为东周王子朝墓的"不见冢"发掘现场,又有"驾六"出土。

可见,"驾六"固然有,乘者未必天子;周礼固然有,时人未必遵循;《诗经》固然这样写，未必对应等级。

"驾四"也是如此。春秋时代，乘坐四匹马车辆出行的情况更是复杂，仅从《诗经》描述来看，很多并不符合周朝礼制。

朝臣民间访贤，可以"我马维驹，六辔如濡"（《小雅·皇皇者华》）；将军征战，可以"四牡骓骓"（《小雅·四牡》）；诸侯嫁女，可以"四牡有骄"（《卫风·硕人》）；贵族迎亲，可以"四牡骓骓，六辔如琴"（《小雅·车辖》）；猎手打猎，可以"乘乘马，执辔如组，两骖如舞"（《郑风·大叔于田》）；等等。

可见，只要出行需要——无论是排场的需要，还是安全、舒适的需要——条件允许，都可以"驾我乘马"，而不必就是诸侯。

这样梳理开来，对《株林》的理解也就豁然开朗了。

主人公是一位陈国贵族，是一位虔诚的祭祀者，更是一位痴迷音乐的发烧友。

天色刚亮，他就步出府邸，坐上马车，向着那人群聚集、香火缭绕、乐声起伏的株林驰去。主人公行色匆匆，既是要在东方日出之时，以飨列祖；又是要与那众多的善男信女一道，欣赏引来神灵带来吉祥的动人音乐。

主人公是那么的急切，"驾我乘马"，要么是身子前探，连声催促车夫，要么是亲自执鞭，频频促马。远远地，株林在望，主人公才想起自己的士大夫身份，应有的仪态还是需要的。他让车子慢下来，整理一番装束，敛容端坐，"乘我乘驹"，缓缓地驶入株林，在琴瑟钟磬声中，虔敬地沐手上香，安闲地用膳，然后，融入无边的音乐舞蹈海洋。

"驾"的激越与"乘"的沉稳，将主人公既要尽快赶到目的地置身舞乐之中，又要在民众面前展现士大夫雍容气度的微妙心理，表现得淋漓尽致。

这样的《株林》，合乎古人诗歌创作的规律，合乎周王室"诗三百"汇集的情理，合乎以诗为经的目的准则；这样的《株林》，合乎基本人文地理概念，合乎时代生产力发展条件；这样的《株林》，合乎陈国士大夫的礼乐旨趣，合乎弥漫古今的清新陈风。

这样理解《株林》，更合乎诗句间无可回避的语感。把一切推理论证都拿掉，深品细味其间的语感，才是解开诗歌本意的密钥。

2011年3月，2022年3月修订

余玠之守与王立之降

——钓鱼城三十六年之行与七百年之思

城市与城防是相伴而生的。城市汇集人群和物品、情感和观念，城防则防范洪水、野兽和掠夺者的破坏。

同时相伴而生的，自然就是围城。城外的人要冲进去，城里的人想冲出来，即便不能冲出来，至少也要保证生命不受到威胁，灵魂不至于苟且。

南宋王朝的四川东部，被嘉陵江三面环绕、树木葱茏、名胜错落的钓鱼山，原本有着林升诗中西湖一样的闲适安逸，终在蒙古铁蹄的震撼下，化玉帛为干戈，脱胎为铁血浇筑的钓鱼城，支撑起刀光剑影的漫长岁月，成为历史深处一道奇瑰风景。

南宋端平二年（1235年），蒙古军队首次大规模攻伐南宋，战略上采取大迂回大包抄，江淮、荆襄、川蜀三路并进。

进攻川蜀一路的蒙古军，几年间相继袭扰西川，伐掠川东，攻破成都、泸州等二十余城，屠戮南宋军民，川中南宋官员或殁或降，地方政权几近瓦解，史称"西州之祸"。

新任四川安抚制置使兼重庆知府余玠，与蒙古军兵锋相衔入蜀。面对蜀中南宋政治军事势力"无复统律""荡无纪纲"的状况，面对蒙古势力日迫、南宋颓势日急的局势，文臣出身的余玠，显现出了善察深谋、处事果决、铁肩担道义的干城本色。

一方面，他整顿军政，择优选任地方官吏，斩杀恃功骄恣、纵兵残民的军中悍将；另一方面，他设馆招贤，集思广益，听取治蜀之见，谋划战守之策。

在乱云飞渡、激流回旋之间，余玠察天下之势，知西蜀必守；察蜀中形胜，知钓鱼山之重；察蒙古军野战之长和宋军军力之短，知"守点不守线，联点而成线"的蜀地要塞防御特色。

南宋淳祐三年（1243年），余玠采纳冉氏兄弟的建议，主持构筑起以钓鱼城为首，二十余座山城因山为垒、衔联成势的川东山城防御体系，并将合州治所迁入钓鱼城中，完善行政治理架构，集中屯驻川蜀守军。城中开垦田亩，凿池蓄水，以备生计，形成并巩固了军政相融、平战有序的长期固守格局。

此后数年间，依托坚城险谷和成城众志，余玠成功击退"每岁深入"的蒙古铁骑，"闻蒙变色"的南宋军民斗志日益昂扬，蜀中局势得以稳定。钓鱼城最终完成了由山到城、由名胜到战场的角色转换，开启了人类战争史上分外夺人的攻防大剧。

南宋宝祐六年（1258年）夏四月，蒙古大汗蒙哥驻跸甘宁交界的六盘山，隆重祭祀成吉思汗，誓师西征南伐。这次征讨南宋，仍然是采取三路并进，大迂回大包抄的战略。蒙哥汗亲率蒙古军主力四万，重点进攻四川。

蒙古大军逼至合州，蒙哥遣宋降将至钓鱼城招降。时钓鱼城守将为兴元都统兼合州知州王坚。王坚守城之志弥坚，遂杀掉蒙古使者，以激励钓鱼城军民。至此，钓鱼城攻与守的乾坤大剧渐趋高潮。

城塞结合，军政结合，保证了钓鱼城之守指挥体系的坚定统一。

依山临江，取势筑城，形成了钓鱼城之守蒙宋军事上的优劣势转换。

屯蓄充裕，渔耕兼备，实现了钓鱼城之守孤军奋战时的自给自足。

南宋开庆元年（1259年），自年初至七月的川东钓鱼城下，曾纵横亚欧、攻掠自如的蒙古铁骑，遭遇了自1211年成吉思汗于"惨淡万里沙气冷"的野狐岭上一战成名以来，从未经历过的挫败与沮丧。

无数曾在寒光中取人头颅的弯刀，浸泡在自己主人的血泊之中；无数曾在荒原上激情射雕的利箭，空嵌在"一字城"的石缝间；无数曾踏破大散关秋风的蒙古骏马，伴着最后的嘶鸣沉入嘉陵江底。

直至开庆元年那个湿热难耐的盛夏，血腥气与厮杀声交织的钓鱼城下，亲临一线，意图捕捉最后战机的蒙古大汗蒙哥，为城中飞石击伤（一说身染恶疾），不几日后死于军中。

曾摧毁中亚和阿拉伯半岛数十王朝，令欧洲贵族闻风丧胆的"上帝之鞭"蒙古铁骑，终以这种方式，折于钓鱼城下。

由此，侵宋蒙古军全面北撤，帝国意欲洗剑尼罗河的第三次西征匆匆收场，蒙古贵族陷于汗位争夺，加速了分裂。

由此，南宋国祚得以延续，西欧各王朝得以从噩梦中暂时醒来，非洲大陆得以免遭蒙古铁蹄践踏。

由此，钓鱼城聚焦了全世界的目光，收获着历史上"鱼台一柱支半壁"的赞誉。

至南宋祥兴二年（1279年），"能坚守力战而效忠节"的钓鱼城军民,已历经与蒙古军大小二百余次战斗,成功坚守三十六年。

此时,忽必烈伐宋的战略已做了大的调整。军事上,不再取"三路并进,迂回川蜀大包抄"之策,而是"先攻襄阳,撤其扦蔽",将进攻重点选在长江中游的襄樊,进而直下江陵,兵临临安,迫降了南宋小皇帝赵㬎。政治上,忽必烈于1271年登基,建国号为大元,重用汉人,沿用汉制,将华夏的长治久安视为己任,提出要"保守新附城壁,使百姓安业力农",颁发了一系列禁止杀掠的诏令,一定程度上缓和了民族矛盾。

此时,钓鱼城守将为合州安抚使王立。王立身上,兼具了赤膊厮杀的死士与深谋远虑的良将、报国之忠与恤民之仁的多重色彩。在十多万军民命悬一线,个人生死何报何驱的关键时刻,他又将做出什么样的选择呢?

蒙古军围城日久,攻城日急。川东连续两年大旱,稼禾几近绝收,拥塞了十多万军民的小小钓鱼城中,早已断粮。而蒙古军强势进攻之下,作为钓鱼城重要战略支撑的重庆府又已陷落,钓鱼城腹背受敌,孤危无援。

更为重要的是,临安降幡一片,宋室实已灭亡,虽有流亡朝廷,却已三年音讯全无,王立数度派人寻找未果。四川军民抗元坚守,法理上已缺乏依托,精神上更难以支撑。元安西王相李德辉的劝降书言辞恳切,辩理清晰,直抵人心:"汝之为臣,不亲于宋之子孙;合之为州,不大于宋之天下。彼子孙已举天下而归我,汝犹偃然负阻穷山,而曰'吾忠于所事',不亦惑哉?"

在颇费了一番周折之后,以确保钓鱼城十余万军民生命安全为前提,王立率众降元。钓鱼城上,硝烟渐散;钓鱼山下,江流依然。

次月，远隔千里江山的崖山海面，将无尽的惨烈与悲壮写入历史之后，也渐渐恢复了往日的潮起潮落。"崖山之后无中华"之叹，成为一枚虽重重投入海中，却无法激起第二轮涟漪的石子。

钓鱼城终是不守，如同数千年来人世间无数城堡、无数情感、无数观念一样，苦苦守护经年，终付于苍烟落照。

钓鱼城之守，对于南宋王朝来说，真的能够独享"中流砥柱"战略支撑的殊荣吗？

明朝人邹智认为："立国于南者，恃长江之险，而蜀实江之上游也，敌人有蜀，则舟师可自蜀浮江而下，而长江之险，敌人与我共之矣。由此言之，守江尤在于守蜀也。……向使无钓鱼城，则无蜀久矣；无蜀，则无江南久矣。宋之宗社，岂待崖山而后亡哉。"

这番言论，看似纵论天下，实为纸上谈兵。

南宋政权建都临安，偏安东南，先后与金、蒙（元）划淮河而治，江淮、荆襄、川蜀为其抗击北方入侵的三个战略防区。其中，以南京、镇江为中心的江淮防区为重，江淮失守，则临安失去屏障，势必不保。其次是以襄阳、荆州为中心的荆襄防区，荆襄失守，则一线江防拦腰截断，东南与川蜀首尾不得相顾。其三是以重庆为中心的川蜀防区，这一区域是南宋政权外线防御的一个战略据点，即便失守，巩固荆襄，也可大大化解危机。

所以，"守江尤在于守蜀"观，是片面理解和夸大了"沿长江天险顺流而下"军事进攻手段的作用。

蒙古军攻宋，集中兵力迂回川蜀，即便不遇钓鱼城的三十六年之守，也难以给南宋政权造成致命威胁。后来，忽必烈调整战略进攻方向，先破荆襄，次及江淮，旋克临安，也证明了这一点。至于蒙哥命亡钓鱼城下，蒙古大军北返而带来的一系列历史性改观，则是深藏于历史必然之中的一个偶然而已。

南宋政权的存与亡，与钓鱼城的守与降，也是有着重要的因果关系。钓鱼城之守，一定程度上保卫了南宋政权；南宋政权的存在，更是有力地支持了钓鱼城的长期坚守。

历史上，秦灭巴蜀，东汉据蜀，后唐平蜀，北宋取蜀，都用了较短的时间。蒙古军攻取川蜀，之所以形成拉锯和旷日持久的局面，重要的原因就是，前述各"蜀"均是割据的独立政权，政治上脆弱，经济上、军事上回旋余地小；而后述之"蜀"是南宋政权下的一个局部，政治、经济、军事均有依托、有接济，毁而复建，缺而复补，死而复生，得以长期坚持。至南宋政权灭亡，川蜀的抗元战争也最终难以为继。

以此言之，即便"向使无钓鱼城……则无江南久矣"之说有一定道理，那么换言之，"向使无南宋政权，则无钓鱼城久矣"，当更为符合历史规律。

王立率钓鱼城降了，是不得已之降，是审时度势之降，是忠已无所忠、仁则有所仁之降。

当时的降，也是面临了多方面的巨大压力。钓鱼城军民之中，有秉节而不降者，有惧怕元军报复杀降而拒降者，有欲为亲人雪恨而仇降者。钓鱼城外，数十年间屡攻不下、洒血饮恨的蒙古东川大军，虎视狼顾，急欲屠城而后快；大元王朝高层的意见并不明了；而二十年前炮石击毙蒙哥大汗的巨大荣耀，此刻更是演变为悬在钓鱼城军民头上的一把利剑,不知会否刺下,但杀气已是弥漫。

在这诸般情形之下,王立反复权衡,选择了投降,正像当年余玠、王坚等毫不犹豫选择坚守;大元王朝接受了钓鱼城的投降,正像三十六年间无奈地接受钓鱼城的坚守。

这是多方力量相互妥协的结果,这是多种价值观念相互激荡、求同存异的结果。

七百多年来,世人对于钓鱼城之降,在情感上是复杂的,在认识上是有变化的。大致可归为四种表现:

一是尽量回避或淡化。每论及钓鱼城之战,总是强调守卫者意志之坚、拼杀之勇和战果之辉煌,多谈其始、其过程,鲜涉其终。

二是有节制地质疑。认为王立之降虽是为民,但其个人也应以身殉宋,不应再食元禄,失了气节。

三是直接贬斥王立不忠。这个主要集中在民族矛盾激烈加剧如清军入关、抗日战争全面爆发的时期,为激励人心,常有借题发挥、斥责王立之降者。郭沫若在1942年所作《钓鱼城访古》一诗中,就痛斥王立为"贰臣",长叹"遗恨分明未可平"。但也要认识到,中华民族内部的蒙古、满政权与汉政权之争,与全民族的抗日战争,在性质上是不能相提并论的。

四是承认并顺应大势的认同。认为元朝统一,结束分裂,是大势所趋,王立等立足民众生存,顺势而为,是正确的选择,且中国古代的"忠义"观,原就是以人为本的,既已无君可忠,更当不负于民。

余玠、王坚之守,军民同欲,浴血勠力,遂得赏于千古。其间万般,存乎一个"忠"字,忠于宋室,忠于内心,忠于职守。

王立之降,是面对城如累卵、人如釜鱼的危局,别无选项。其间一路，存乎一个"仁"字，体恤生命，救民水火。这同时也是在已无宋室的情况下，忠于内心，忠于职守的体现。

守与降，看似殊途，实则一体；忠与仁，看似背向，实则相融。守以其道，降以其道，这个道的核心，是不可违的天下大势，是当体恤的多艰民生。

2023年2月5日

钓鱼城伫立远望一鸟鱼壮烈英雄飞千古尚浩然

陈毅诗登钓鱼城
融斋张继于京华

陈毅《登钓鱼城》 张继书

风追师友

知耳之作

灯下独坐，漫意翻检着自己近年来的零星印蜕，蓦地见到这方"知耳之作"，心下的闲适恬寂顿然散去，忆起一位已远去的师长。

初识萧士栋先生，是我考入周口师专不久，受一位长者之托，到萧先生府上送交一样东西。萧先生的清癯、睿智如我想象，但那份很自然就消除距离和陌生的热情，却使我感到他性格的独特。我本是个见了师长便觉压抑的人，那天与萧先生隔几而坐，竟自如地聊了好久。临别时，先生执着我的手，很凝重地说："欲精中文，必先通晓史、哲，不可或缺的。"

萧先生教我们"教法"，这本是门很枯燥的功课，研不出趣味和色彩来。但萧先生站在讲台上只要一开口，便能将学生的注意力牢牢吸引住。先生有大智慧，于平缓的语气中，总能在不经意间道出有分量的见地。于我看来，这见地才是化平生所学的真知。

记得先生在讲到"因材施教"时说："孔子门下七十二贤人，子路善射，曾参善乐，冉有善辩，但各人所长未必就是孔子亲授，孔子只是因其才诱其发展而已。你们今后教学中也要注意培养出几个发明家、艺术家或运动员来，这才是因材施教的根本。"

师专两年间，先生予我在学业和生活上颇多关爱，时常于课余邀我至其家中小坐，聊一些或冷或热的话题。先生健谈，且思想纵横无忌，每每史海钩沉，人世激浊，总是见解犀利，一语中的。以先生之瘦弱，我几疑心连他的血管中，也不得不分流一些学识和思想。

一日闲谈中，先生嘱我为他刻一方闲章。我问刻什么内容，他微一沉吟："就刻'知耳之作'吧。"我一下未明白过来。他又解释说："我今年57岁，介于知天命和耳顺之间，所以想了这四字。"

我笑了，接口说："已知天命，正是有话要说，尚未耳顺，就还有发牢骚的资格。这四个字太恰切了。"

印章刻出，萧先生便常常钤盖在文稿和书法作品上。已知天命的淡然，和尚未耳顺的激扬，熨帖地结合于萧先生一身。而对于我来讲，先生也是在以这种方式督我学习，启我思考。

先生病逝时，我因故没有在学校，当时通信不畅，也没有得到消息，因而未能至祭于先生灵前，每每想到这一点，我就深以为憾。

夜静更深，月光如水透窗而来，偶尔有几声晚蝉的鸣叫。忆起与先生交往事，神思幽幽，几不可收。谨以此文遥寄九泉，或可再呈先生朱批。

1993年8月1日

醉守瓦砚作生涯

——记何仰羲先生

为何公仰羲写篇文字,是我存之已久的念头。

然何公默以自处,超然象外,其精神旨趣只可意会,而笔墨难写。笔者以一晚生,只敢侧窥其旧事一二,薄飨于文化与精神略有挂怀者。

一

许是基于一个书法家对一位书法大师的仰慕,或是一个普通公民对领袖的钦敬,何公仰羲曾与伟大领袖毛主席生前身后两度结缘。

往事杳然,却是记忆深处的常青藤。

1957年底,毛主席六十四岁大寿在即,淮阳县几位民主人士共议为主席致礼祝寿,思之再三,公推由时任县政协委员的何仰羲书写书法作品为贺礼。

何公领命,辗转不寐,秉烛神思,激情涌溢。及至东方欲晓,欣然起身,笔走龙蛇,墨现苍茫,顷刻,草书四幅屏《七律·长征》写就。何公一息徐吐,掷笔负手而立,凝视良久,方钤印盖章。

次日,众人争相围观,称扬不止。遂将这份饱聚深情的贺礼,以木匣敛就，寄往北京。

数月后，中央办公厅来函，称何仰羲书法作品已送呈毛主席。可惜，此时何公已在那场政治风波中被错划为"右派"，返乡劳动，未能见到这封信。这件事，也就由此深埋何公心中。

流年似水，转眼到了80年代。劫波渡尽，何仰羲当选首任周口地区书协主席。

一日，郸城县一酷爱书法的岐黄老者来信，告知何公，郸城有一册《毛泽东故居藏书画家赠品集》，内有何公作品。读罢来信，何公也自淡然，认为不过是同姓名者而已。二三友人得悉，不忍罢休，邀何公驱车郸城。

果然，果然，呈现在何公面前的，确是二十多年前寄往北京的四幅屏《七律·长征》。同册书中，还收有何香凝、齐白石、张大千、郭沫若等先生的书画佳构。

沧桑几度，物是人非，领袖已长眠鲜花松柏丛中，昔日青年何公如今也霜染鬓发。睹物伤情，何公语噎。

与北京联系求购此书，人民美术出版社此书的责任编辑刘玉山回信："编辑《赠品集》时，误以为只有张伯驹夫人、老画家潘素先生尚在人世，其余均已作古，没想到何先生依然健在。"

何公此时，已无法知晓主席对其书法的评价，更不能再以作品呈教于主席案头。然而，何公与一代伟人的墨缘，却没有就此断去。

1993年，为纪念毛主席一百周年诞辰，毛主席纪念堂管理局向全国征集名家书画精品，何公再度命笔，狂草如歌，将对伟大领袖的无限深情诉诸笔端。

此后不久，何公与另一书家李公钟晨联袂赴京，为伏羲碑林组稿。

在解放军总政治部原副主任史进前将军寓所，年逾八旬的将军笑谓何公："仰羲，我在主席纪念堂见到了你的大作，很有神采，很有激情噢。"

何公微微一怔，很快便明白过来。作别将军后，直奔毛主席纪念堂。

纪念堂内，肃穆庄严。东侧展厅张挂着近百幅书画作品，艺术家们以诗，以书，以画，讴歌和缅怀这位改变历史的领袖，这位以大地山川作手稿的诗人。

何公草书"寿"字列于其间，笔墨酣畅淋漓，挚情切切。

1994年夏，纪念堂管理局一位副局长专程来淮阳，以隆重的仪式向何公颁发展览和收藏证书。

与此同时，韶山毛主席故居管理委员会永久性收藏了何公多幅书法精品。

二

何公原名明钦，少年即入中州书法名家刘象豹先生门下，自王右军、颜鲁公入手，遍临北碑南帖。弱冠之年，便名重一方，被誉为"陈州秀笔"。慕右军千古不逮之神韵，自更名仰羲。后入当时"七区联师"就学，官衙商号求书匾字者络绎相接，联师校长麻成赞先生特批何公两间宿舍，与校内高级职员同。何公长锋在手，少年风采与声望，由此可见一斑。

岁月更迭，书艺日进，人生之旅的颠簸无常，赋予何公书作别一番沧桑韵致，不独国人垂青，东瀛书坛人士有幸得睹何公书作者，亦自钦服。

1984年，殷墟笔会在古都安阳召开，中外书法、古文字、考古等各界学者百余人出席。何公与李公钟晨应邀前往。席间偶识日本书家渡边寒鸥，渡边好酒，何、李亦是刘伶党人。渡边携酒造访，三人对坐开怀，语言不能交流，便借助纸笔，漫漫谈来，待聊得兴起，乘酒意微醺，一手执杯，一手挥毫，即兴作书，互赠作品。自此，渡边每日携酒来访，谈书论道，切磋技艺。

1986年，日本举办"国际和平年"书法展，何公书作东渡扶桑，颇获盛誉。1990年，作品赴台岛展出，海峡彼岸，誉如鹊起。

艺术的精灵，超越于民族、意识形态之上，翩翩旋舞。

三

观何公书作，风神超迈，冲融奇肆，如秋野闻萧，韵味无尽；又似激涧观鱼，意趣盎然。数十年间，名满中州，片楮为珍，许多人家以能悬挂或收藏一幅何公书法为幸事。尤其近年来，艺术品收藏之风渐盛，其中痴迷艺术者有之，观赏玩娱者有之，投机者有之，附庸风雅者有之。何公门前，求书者日众。

何公年事渐高，清贫依然，不求闻达。居室兼书房内，一床、一桌、一椅、一案，册卷左堆右置，笔砚杂陈，此外别无长物。但得有笔墨作歌，《汉书》下酒，何谓宝马香车，何谓金玉满堂。何公曾书赠笔者："布衣暖，菜羹香，诗书滋味长。"安贫乐道，寄意高古，格调自清。

对于钱财身外物，何公"非不能也，实不为也"，以他的理论来讲："凡来求书者，必是好书者，既为同道，何论钱财。"1993年夏，南京两大学生慕名前来拜访，并求书数幅，何公一一满足，大学生感激不过，要留下"润笔"，何公挥手挡了回去，又备下酒菜，款待了一番。

也有登门求书空手而返的。

尝有一驾车来访的西服革履者，恭恭敬敬递上一沓人民币，求书"财源广进"四字，何公合目，意味深长地说："这几个字面目不好处理，我写不了，还是另请高明吧。"来人悻悻离去。

四

壬申春暮，先父鹤逝。笔者为先父撰写碑文，呈请何公书丹。

何公准备数日，方审慎挥毫，当写至"临终于病榻之上，环顾吾辈，忆及平生，坦坦荡荡，安详自如。生前事中正耿介，身后名清风朗月，父亲足慰矣，吾辈伏泣亦足慰矣"句时，何公笔凝千钧，久久不能落下。

碑文写就，何公叹曰："此生还能再写几块碑呢？"令人感喟不已。

何公是我的长辈，但他的亲和豁达与时时有加的青眼，总让我忘记四十多年的年龄差距，于是我们常常在一起聊很多很远的事情，常常在一起就着简单的小菜喝浓烈的酒。从何公那里，我学到了很多知识，和比知识更重要的做人的道理。

何公好酒，每于醉后穿街而过，步如凌波，身如浮舟，银须皂袍，仙风道骨，确是闹市中一道古典的风景。有那么几次，在午夜的月光下，我搀扶着醉意未消的何公，漫无主题地闲聊着送他回家。远处，城湖芦苇深处蛙声一片……

我曾出奇想：得何公墨宝不如观何公作书，观何公作书不如与何公对饮，与何公对饮不如携何公酒后漫步。同有所获，却是各有滋味，令人品味不尽。

如同《易经》的阴阳，可生两仪、四象、八卦，以至万物无穷。中国书法的黑白，亦能幻化出无尽的岁月杂痕、生命滋味。何公醉心书艺，上下求索，与何公处久，我已莫辨是何公书法作品传神，还是其自身即具有传神的魅力。

或是二者兼具吧。

1995年4月26日

毛主席《七律·长征》 何仰羲书

寻求别样的生存姿态

有清一季,特别是顺、康、雍三朝,统治者在尖锐的阶级矛盾与民族矛盾面前,以严刑酷吏,血腥杀戮,广兴"文字狱",来铲除怀有异志者。人们的思想被禁锢,学术与艺术创造力大受其挫,处处谨小慎微,遁身于旧经牍、故纸堆。宋元时期形成高峰的中国画,此际避开了继承创新的成功路径,沉湎于摹古,拘泥于技法,渐趋末路。

嘉、道之后,文人画影响日益广泛,但这些画内画外功夫都很是了得的文人画作者,仍是十分忌惮那无形的"雷池",在作画时只能靠弦外音、笔外意来透出灵魂的震颤。他们受董其昌、"四王吴恽"影响,传统功力深厚,构图严谨,笔法娴熟,希望借助绘画语言表达自己的人格操守,托物言志,借景寄怀,为中国古代美术史照射进最后一线亮光。他们笔下涌现出了一批时代气息浓郁、笔墨精良、韵味悠远的佳作。朋友陈君近日购藏的杨伯润《柳溪渔村图》,即是其中之一。

杨伯润,名佩夫(或佩甫),字伯润,号茶禅,别号南湖,浙江嘉兴人,生于1837年,卒于1911年。其父杨仲玉精研诗赋,尤工丹青,名震海浙。伯润秉承家学,书法临习颜真卿、米芾,凝重酣畅,风骨天成;山水规摹董其昌,讲究构图,画风秀润清雅。其画四十以后始立门户，喜用长锋紫毫，点缀烟树，故出笔锋锐，气韵清邈。咸丰时，奉母居上海，以其画艺超群，名重一时，且为人宽厚仁和，被公推为豫园书画会会长，成为一方文人墨客的领袖。

纸本设色的《柳溪渔村图》，是山光水色的写照，更是襟怀节操的展现。

画中远山如黛，淡墨晕染而层次分明。稍近，雾气缭绕，几株春日初发的柳树遮映在薄雾中。一条溪水顺山势而下，流出画面复又折回。一叶渔舟摇于溪上，似乎正缓缓而行。舟上一人俯身舱中，像是在清点收获，一人斗笠蓑衣，赤足摇橹。近处绿草如茵的斜坡上，两株重焕生机的老柳枝杈峥嵘，嫩叶生翠，与汀草渚石相映成趣。整幅画是清中后期山水画中典型的"远山、中水、近坡树"的布局，但因了溪水流韵，桨声欸乃，因了人自不言，山自多情，使满纸生机盎然，观之如置身世外，确有为渔人引入桃源的意趣。

画幅左上题款"昔赵氏大年、松雪皆有柳溪渔村图，烟客、南田特特以领其趣，故师之。杨伯润并记"，下钤白文印"伯润"。款书率意天然，笔锋皆有向右上飞扬之势。

款中讲到同为宋宗室和大画家的赵令穰与赵孟頫，都曾有《柳溪渔村图》。这些我们今日虽不得见，但从旷代宗师烟客王时敏、南田恽寿平神追手摹，"特特以领其趣"，可知二赵手笔之气韵不凡。

史料载：王时敏"家本富于收藏，尝择古迹之法备气至者廿四幅为缩本，装成巨册，载在行笥，出入与俱以供模楷。故凡布置设施……勾勒斫拂、水晕墨彰，悉有根柢"。可见王时敏对于古代名画绝非一般的"领其趣"，而是取其法、得其韵、循其径、扬其神。而曾于西庐老人前执弟子礼的恽寿平，处处得王时敏提携。王时敏病危，恽寿平谒至榻前，时敏执其手而卒，生性落拓雅尚的恽寿平，在王时敏眼中，是可将身后无限画坛风光相托付的人。杨伯润此处"故师之"，非独师二赵，亦是表达了对烟客、南田的恭望门墙之情。

山水与渔人、隐士、耕夫、樵者，是当时文人画常见的题材。画山水，合了那句"智者乐水，仁者乐山"的老话，借以表现作者的仁智之心，再衬之以渔、隐、耕、樵，一则表达不与统治者合作，托身世外，寄意江湖，独善其身的情怀，二则显示仕途失意后，归隐山林，寻求别一番天地的生存姿态。

以艺术的形式，曲折含蓄地表现自己的"非主流"与不合作，这是特定历史条件下，文人画题材选择与笔墨运用的一种无奈。

1994年秋，笔者在苏州鉴藏家朱先生处，拜观了其所藏几十幅明清名家书画，获益颇深。饭间畅叙中，笔者拟古律一首相赠：

> 物华人杰姑苏城，淹雅博物有朱公。
> 一派真趣胸中气，百年云烟案边风。
> 野鹤着意思云耆，荒寺无心渡残钟。
> 相逢执手共一笑，沧浪夜雨慰平生。

诗中"荒寺无心渡残钟"，即是指朱先生所藏杨伯润的《禅隐图》。当时还见到一幅杨伯润的《松荫敲棋图》，钤有一方闲章"不上船"，取自太白诗意，逸气十足。此后两年间再未见过杨伯润其他作品真迹。

由过眼的这三幅画作都以出世寻隐、山野栖迟为表现内容来看，可否就做出杨伯润神逐云鹤、心托林泉、下笔不能自已的断言呢？

1996年11月10日

野鹤着意思云矞　荒寺无心渡残钟　毛国典书

驿 者

对于一位鹤逝的长者,长歌当哭,追忆其人生风范,自可寄托后辈的哀思。而对于王展霄老师,掩涕之余,怀念之余,还应当从他的生命中,开掘出一种资源,咀嚼出一番滋味,研磨出足以更好地滋养人生的维生素钙铁硒,才可真正告慰这位人师和世范。

往事如风,携带着岁月的温情和陈香,回味曾经的绽放,常常要去翻捡已经干枯的花瓣。

王展霄老师是历经百余年风雨的淮阳中学的一名历史老师。上世纪八九十年代曾在淮阳中学就读的学生,都应该对他那俯首抄手、腋下夹着讲义、匆匆穿行于校园的瘦小身影留有很深的记忆。永远的眉宇凝重、永远的皂袍青衫、永远的心无旁骛,形成了校园里一道独特的风景。

一个无光无色的老人,能成为一道风景,散发一息淳穆的香气,传递些许入心的温暖,无疑应是缘于其内在的魅力。

我有幸在一年时间里每天聆听展霄师教诲,受益良多。

展霄师讲历史,有很强的时空感。他很少板书,总是端坐在讲台上,一只手幅度不大,却随着话语的顿挫,有力挥动着,让人感觉到历史的凝重。而到了晚自习辅导时，展霄师却几乎没有坐下休息过，总是沿着教室里的走道不停地走动，随时解答学生的问题，像是一个不知道歇脚的驿者。

高度的敬业，源于展霄师对历史深深的敬畏和对生命意义自觉的追寻。也许从概念上来说，他并没有意识到自己的敬业，而他的一言一行所诠释的事业奉献精神，足以让今天很多仅仅在口头上嚷嚷着敬业，却在行动上荒疏不系的人愧悔不已。

王展霄老师讲授历史，有四个突出特点：

一是知识的融会贯通。上下五千年，不同时代、不同地域发生的事情，常常被他涵盖在一个主题下广征博引，看似互不相干的素材，经他手总能调理成色香味俱全的佳肴。今天想来，展霄师授业的这一特点，不仅使我们更系统深刻地了解历史，也从方法论上，培养了我们好的思维习惯，拓展了分析问题、应对人生的思路和视野。

二是阅古知今。对于当时社会政治经济领域所发生的一系列变革，展霄师总是从历史深处寻找渊源，论述其符合历史发展规律的科学性、合理性，以史为鉴，使学生得以从历史的纵深层面，来观照现实社会。

三是治学严谨，不趋时俗。当时正是20世纪80年代中期，在社会科学领域，有一部分人打着解放思想的旗号，兜售贩卖一些唯心主义、民族虚无主义等货色，歪曲农民起义的历史本来面目、否认中国古代文化对于人类文明的贡献、怀疑中国作为四大文明古国的地位等等，犬吠鸡鸣，一度甚嚣尘上。这些论调也影响到历史教学。展霄师坚持客观科学的历史观，在教学中稽古据实，屡屡驳斥那些颇为时髦的奇谈怪论，澄清了一部分学生头脑中的模糊认识。

四是重节操，扬正气。汨罗屈子恨，塞上苏武节，展霄师总是意味深长地用他那低沉的声音娓娓道来，把人物命运的起伏和历史的沧桑变迁紧密结合，以仁人志士人格的力量来深化历史、感染学生，在潜移默化中培养学生爱国重义、持节守信的良好品格。

就这样，王展霄老师在已经远离了刀耕火种、竹简牛车的今天，引导着我们重新审视秦时明月，再踏汉家关山，透过渐渐散尽的烽烟，领略时空深处那份恢宏与博大。

今天回想起我所学过的历史，尤其是从中学教科书中所看到的阡陌宫阙、金戈铁马之间，总是晃动着王展霄老师的身影，仿佛他与这些尘封的往事叠印在了一张底片上，已很难分清秦俑是泥化的他，还是他在唐人窗外"凌寒独自开"。

中学毕业后，见到王展霄老师的机会少了。有一次约几位校友去看望他，展霄师在询问了我们几个的工作近况后，很严肃地盯着我们说："多读书，多读史，才能少沾染社会上的坏风气。"同去的几位校友都在机关岗位上工作，他们几位是否还记得这句话我不清楚，但我在人生实践中，真切体会到了展霄师这句话，确是喻世明言。

就在昨天，为给一位远道而来的中学校友接风，十几位同学聚在一起，席间又忆起王展霄老师。有同学说展霄师是淡泊的处世态度。我觉得淡泊这个词用在展霄师身上，太刻意、太修饰、太有名士味，展霄师与此无缘。

如果必须用一个词来形容他的立身处世，应是清寂二字。

如同一枝遒劲的老梅，疏疏落落地开着几点花，无意于山野，无意于庙堂，独守着那份遗世的清寂，只图在风中传送春的消息。

又如同一位长途跋涉的孤独的驿者,无畏于风霜雪雨,无心于柳暗花明,怀揣着那份没有终点的清冷寂寞,报送着远离自己的烽火或平安。

2002年6月9日

存在与延续构成新的历史

——读孟庆武同志边塞诗词

西出阳关,想象中,援疆的庆武同志便是融入了汉驹嘶鸣、唐弦琤琮之中。虽然电话中他所描述的阿克苏地区历经沧海桑田,原野上的生机和城市里的红尘均与中原相差无几,但大漠孤烟中苍首皂袍的张骞和撩乱边愁的王昌龄,都已使我深信,那里是一块石化的历史。

在我私交甚笃的朋友中,庆武同志是书卷气很浓的一位,嗜书画,精鉴赏,于世事每有独到见地,属于那种"读书、行路、预变、决事"的人。前些天,我与回来休假的庆武同志闲聊,听他讲述援疆工作半年的经历体会,读了他厚厚一沓诗词新作,再次领略了他过人的识见和才情。

在西域荒寒中飘荡千年的羌笛,被他顺手拈来,变作诗韵中一个激越的和弦。英雄的铁骑、骚客的长锋,都化作米家山水浓淡不一的墨点,共同构成他思接千载、意连八荒的长短平仄间连绵的风啸。

"蒲昌海上渔船,楼兰国里耕烟",像是曾照古人的今月一样,让人充满了幻想。而紧跟一句"往事越千年",虽是借伟人句,但自然熨帖,使写史、写实、写时之笔相融,通脱浑然。

庆武同志以大量的笔触写史,他既不拘泥于以古喻今的诗词老路,也不沉溺其间掉书袋，而是将石化的历史一块块打碎搅拌，夯实成今天的路基，以向明天不断地拓展。

最初坐下来读庆武同志诗词，心态是平和的，但随着进入他诗词的意境，这种平和很快被打破。像是在观看动感电影，急速穿行在时空隧道中，大漠飞沙，雪原斜日，"秦墙汉瓦，佛洞荒冢"，等等，这无数飘荡其间的历史碎片一闪而过，使人不禁心旌摇曳，不知置身何处。然而很快，又能够感觉到身下座椅这一支点的牢靠，使人有了寄托。庆武诗歌的支点，便是由历史引来的现实，让所有的往事都化作今天的背景。"天知否，问千古英雄，谁主此地"，"和硕金沙地，芦荡舞蹁跹"，"又雨后乍晴，旷野长虹"。不断闪回的历史背景消失了，庆武同志笔下的现实，张扬着无尽的生命力。

与古人不同，与古迁客、骚人、戍卒、边吏统统不同，他是迎风而立的歌者，不能低吟，只能长啸。今天的新疆，在他眼中已如吹尽黄沙昭然于世的黄金，散射着耀眼的光泽。

诗人也并没有一味沉醉于现实的存在，他以既见古人又见来者的大跨度，向未来延续。

"俱往矣，乃生生息息，来去春红"是自然界花开花落间的往来成古今；"三载异乡作故土，万里征程从头越"是向前迈步时深邃的一瞥。历史的存在和现实的存在，在同一个轨道上交错，而又脉络清晰地向前延伸。

不是学者不是诗人的庆武同志，以学者的洞达和诗人的激情，与山川戈壁、边疆民众一道，谱写着西部边塞诗意盎然的新的历史。

2003年1月19日

得好书读如入名山

在淮阳生活和工作了多年,因为兴趣和职业的缘故,对这片土地上绵延生息的各种人文现象多有关注,也接触了不少专家学者研究探讨淮阳历史文化的文章著述,受益颇深的同时,也略有缺憾:一是这些研究往往只是局限于某一角度、某一领域,缺乏系统性和立体感,窥得一斑仍不识全豹;二是"家常菜"较多,虽然亲切,却找不到齿颊生香的感觉。

直到近日读了张进贤先生三卷本的《淮阳人文探究》,才感受到真正用做学问的态度关注淮阳的,还是大有人在;才弄明白了很多问题,澄清了不少谬识。而且阅读过程中那种如观云水、如饮甘露、如沐春风的愉悦感,和阖卷沉思时麦香谷黄的收获感,久久充斥周身。

得好书读如入名山,峰回路转间美不胜收。

首先是全景式的涉笔。由传说而正史,由考古而典籍,由人物而事件,由金戈铁马而文学宗教,以深厚的功力驾驭资料,以开阔的视野把握人文,或述或论,或引或疑,给读者展现了有着强烈立体感、纵深感、沧桑感的一方地域文化,令人颇生"《汉书》读罢,始知笔墨如磐"之慨叹。

其次是严谨的治学行文风格。对文献记载、前人评说、历史定论的东西，都客观公正地援引梳理，稽古当基于可信，不妄加断言，给读者以充分的评判权力和广阔的学术参与空间。没有像某些荧屏学术明星那样，先耸人听闻地立论，再东拉西扯地求证，以博得某种效应、换取某种需要。而对于某些学术点，敢于究他人之言，指通行说法之谬。如对孔子绝粮处的考证，更是丢弃了狭隘的乡土观念和文化资源争夺意识，重史实，讲真话，尽显大家风范。

第三是发前人所未有，拓宽了研究领域。围绕一个文化传承有绪、史料记载颇丰的历史文化名城展开研究，提出有见地的新观点，很难；而涉足前人所不履，发微探幽，捡遗弥失，开拓新的研究领域，则更为不易。张进贤先生在这方面也显示了过人的胆识，从一枚印玺入手探讨陈城的变迁，史海钩沉宛丘诗人李简夫，纵论岳飞三复陈州，等等，极大地丰富了淮阳地域文化的研究，也赋予《淮阳人文探究》一书勃发的张力。

其四是质朴文字间透出的如谷虚怀。这是让我时时感动，并给我以很大启发的。张进贤先生是位学养深厚的长者，文笔简明洞达，一如沧桑过后的原野。论述中时有涉及同时代、同学术领域的其他学者，无论这些学者是后辈还是"土专家"，他都真诚地尊重，坦率地交流，即使观点相左，也是平等地商榷，不言谦和而风规自远，让我们真切地领略了纳万壑而无声的深水境界。

《淮阳人文探究》不是一本读过一遍就可以束之高阁的书，它的功用至少有三：一是解读淮阳历史，传播文化知识，使读者接受浓郁人文气息的熏陶；二是不经意间展示出的做学问和做人的风格；三是备之案头，时时查阅，成为淮阳人文影响范围内各界人士的普及读本。

张进贤先生是我国著名装帧艺术家、文史学家，淮阳籍人士。他经过多年努力，在古稀之年完成了这部《淮阳人文探究》。先生云水襟怀，不计识浅位卑，殷殷嘱我为这部书写序，我既不敢违命，又蓬蒿自知，写下这篇读后感以复命。

2008年5月15日于汶川地震灾情牵心之夜

[为张进贤著作《淮阳人文探究》（海天出版社2009年6月出版）所写序言，略有改动。]

一花一世界

在众多艺术形态中，最能综合反映创作者人文素养的，首推中国画。这倒不完全是因为它要求创作者具有超越于形状、色彩、空间之上的营造优美意境气韵的能力，要兼具诗、书、画、印多种造诣，更为主要的是，它凝聚和体现了创作者独立思考下的精神追求和寄托。

所以同样是写生，西画传达出来的是技巧表现力，中国画则能让你读出创作者的精神世界。

袁根周先生的画作，尤其使人体会深刻。

豫东老画家袁根周先生是画小写意花鸟的，笔墨语言和表现题材都是传统一路。从事中国画创作的人群中，画小写意花鸟的不少，但大多是陈陈相因，难脱前人窠臼，而能自成面目格调夺人者，终是少数。

这是因为小写意花鸟画有两个难点不好处理。一是具象和抽象之间的关系。既要状其态，不致欺世，又要传其神，得意忘形。二是创作者个性气息的融入。既要笔墨入矩，处处有来历，又要放手挥洒，元气充沛见真我。这两点也是"家"和"匠"的分水岭。

袁根周先生有着丰富的生活体验和敏锐的物象观察力，每于落笔前都胸有成竹。同时大量临摹不同风格的古人作品，笔下得古法、会古意，兼之承中原画坛大家叶桐轩先生耳提面命、门墙垂训，更使之加深了书画对于自然物象与内心情感表现方法的理解。

尤其是先生善于思考融通，悟性超群，下笔之处，自是一番不凡气象，营造之间，个性气息跃然纸上。令人欣赏先生画作时，更多地体会到画面以外的东西，从枝叶翎羽间看到红尘人心，果然一花一世界。

我与先生长公子是小学同学。少年时曾数次去先生府上，记忆中依稀有先生伏案丹青的身影，那时候不怎么懂得欣赏书画，但知道作画是件有学问人才能从事的雅事。后来有幸时常见到先生画作，在欣赏口味上颇为自恃的我，总觉得先生的画中，有种入我肺腑游走激荡的东西，使我既很是熨帖，又时感心旌摇动。我想，这大概就是真艺术家真艺术的感染力。

袁根周先生不是职业画家，但绘画却是他相伴终生的事业追求。他无意于求名，却花落万家，名播海宇；他无意于图利，只享受于作画之余，躲过家人善意监督的目光多贪上两杯。

作为一个从他画作中汲取过精神营养的晚生，我祝愿先生花长好、月长圆、人长寿。

2011年元月25日早6时于太平洋上空

［为《袁根周画集》（河南美术出版社2011年12月出版）所作序言，略有改动。］

最是风雨两般秋

读书时尽管学的专业是中文，我对《诗经》却没有太浓的兴趣：一则认为其题旨多语焉不详，令后人理解时歧义迭出；二则觉得其语言表达或粗陋俚俗，或佶屈聱牙，与后来两千多年间人们吟诗咏词之趣多不相谐；甚至由此认为"兴观群怨"不过是后人附会溢美之辞。少年意气，何其偏颇。

及至参加工作后，闲暇时偶尔再读《诗经》，却是时有参悟，渐渐觉得"不学《诗》，无以言"还是很有来由的。

自父辈起，寓居陈地四十多年。这里是周王朝时陈国所在地，民风习俗和土地草木，都保持了一份独特的淳朴和活力，不经意间散发着彩陶和青铜的气息。自己生长其间，栉风沐雨，饮水食谷，早把自己视作陈国遗民，也就对《诗经》中的《陈风》十首更觉亲近。

《陈风》十首，题意各有所立，艺术面目生动，都是那个时代陈国风物人情的真实展现，总的格调是质朴深沉、健康清新。符合"思无邪""诗言志"的基本评价标准，也合乎《诗经》成因"采诗说"、"献诗说"和孔子（抑或其他贵族士大夫）"删诗"的逻辑判断。

但自汉以降，解诗诸家或囿于"独尊儒术"之后的政治伦理，或限于时代学术视野,经意或不经意间,把原本纯净透明的东西弄得斑驳陆离。处处"美刺",篇篇"讥讽",好像不批判、不斗争,就不足以为诗。

《陈风》十首中,汉儒之"功",尤以《宛丘》《衡门》《墓门》《株林》为甚。每每读过原诗,再读解析,总有种鲜鱼炖出鸭汤的感觉。错不在《诗》,而在后人之妄。银河波诡,天复何责?

欧阳中石先生,国之人文重器也。不独以书法名满天下,于文史哲亦有精深造诣。我与先生忘年相交十余载,先生时常于不经意间示我以立身做人之道,于闲聊漫谈中授我以治学之业。

一次茶香氤氲间,我谈起对《诗经·陈风》部分篇章的不同理解和看法。先生颇为首肯,意味深长地嘱咐我,要不薄古人,兼收并蓄,静观自得,独出己意,并真切地提出"你注释评析,我书写,咱们合作一次"。

多年间,由于先生年事高、事务忙,自己从不妄求先生翰墨,这次先生这么要求,令我深为卓然师长奖掖后学之意所感动,归来凝神捉笔之时,仿佛腕间松风万斛。

以研究的心态再读《诗经·陈风》,更觉汉儒未必权威,古论也多荒谬。

任何一种文体的表述,都是有语感的,抒胸臆性情的诗歌尤其如此,至少感情上的激扬好恶会清晰地传达出来。就如同书画鉴定中首重个人风格、时代气息,其他细节的考证,都是末技了。

《陈风》十首,从反复品读的语感上,都是乐者而歌、忧者而歌,不是非要与谁过不去。古人逐首探幽阐微地发掘出的"刺人疾乱"观点,实在让人无法苟同。

在这种感悟与视野之下，再向细处行笔，以文献实物来丰富，以归纳推理来明晰，就可以将不少篇章最大限度地回归它的本来面目。

中石先生手书《陈风》十首，高古之气弥于时空，生动之姿夺人心魄。而先生思接千古，对于中国优秀传统文化关注之情、弘扬之志，更能让我们透过笔墨，领略到一个有责任心的文化大家的殷殷情怀。

壮岁初及，自己经历了于"诗三百"由相违到相亲的两般境地。尘埃千年，历代学家注《诗》时拈花对佛、望江品鱼，已是百般格调；而中石先生墨迹与后学浅见一同付梓装函，更是珠石同椟，两般景象。写这篇小文时，"最是风雨两般秋"未假思索即已迸出，既是标题也是感受，虽有苦意，倒还觉得贴切。就此吧。

2011年5月16日

［为拙著《诗经陈风》（中华书局2011年6月出版）所撰前言，略有改动。］

道不自器　天地与立

当代书坛大家李铎先生，以八旬高龄书写唐人司空图《诗品》，以今人情感状古人意绪，以翰墨风采现诗文精神，鸿篇巨制，蔚为大观，铸就时代书法艺术高峰。

在此书即将付梓之际，先生与我谈起对书法、对古诗词及司空图《诗品》的理解和感悟，简淡睿智，天机独运，尽显风范。我将先生所言详作记录，并融以以往一些观点言论，拟就此文，经先生审改认可后，以先生自序形式，刊于《积健为雄——李铎书司空图诗品》一书。

今将这篇自己仅作记录整理的文章收入集子，保持李铎先生的角度和口吻，是为了能与更多的人一道，感受大家。

书学之道，当渐循三重境界：一曰艺术之绚美，二曰人文之真纯，三曰精神之旨味。其间有勤勉之得，修炼之得，参悟之得，亦有诸多异禀天赋、机缘巧合之得。非独砚田蓑耕，世间百业、人生万象，莫不如此。

余戎装半生，习书经年，书斋长忆风雨，笔锋时挟边声，党性所系，职责使然。尤于经史典籍，颇多嗜重。每每耽于执先贤卷，会古人意，沐史上风，领艺中韵，读来移步换景，领悟渐行渐深。始知经典之妙，是需要以生命岁月为台阶，一层层去参透的。

三读《诗品》，神与司空氏游，若为平生矣。

初读唐人司空图《诗品》，如观岭间流云，如聆深壑松风，令人心旷神驰而目不可接，耳不可辨，深为其评析之精，品味之深而折服。诗书艺理相通，其雄浑之论、冲淡之意、高古之味、劲健之致，如水渗沙般运化腕间，笔下面目渐次独开。

至中年再读《诗品》，始知《诗品》非关诗也，乃发人心智，树人风标，修心养德，规言矩行的人生经典，如聆大儒、高道、老僧谆谆以言，筑室松下，人淡如菊，虽不能至，心向往之。几番品玩，渐觉铅华尽洗，脱略有意，世间风物万象，已是流水今日，明月前身。

老无所事，三读《诗品》，流云松风与儒释道皆莫知所踪，大道幽微，超以象外，终知其非关诗也，非关人也，唯言道也。言人物之道，言天地之道，言道存、道现、道化之道。诚如郭沫若所论："《诗品》二十四品，各品是一个世界，否，几乎各句是一个世界。"恰如如来的一花一世界，《诗品》信可以道经之学而流布矣。

品诗、度人、论道，似不关联的三者浑融一册，司空图无意一一，后来者展卷自得而已。

军人书生，苟利国家民族兴亡事，尽瘁本色一也。

道不自器，方期天地与立。

2012年5月1日

书斋常忆风雨　笔锋时挟边声　张继书

风骨的遗民

对于久负文化盛名的古陈州淮阳来讲，李钟晨先生是一个形成了深远文化影响和广泛文化带动的人物，这种影响与带动，既源于他对于以书法为代表的中国传统文化的深研博取，也源于他身上凝聚并不断散发出光泽的做人格调与节操。

在那种由道德感、文化素养与个人秉性有机融合起来的叫作风骨的东西与我们渐行渐远的时候，他无意于挽回，无意于守望，成为一个有自我而做自我的风骨的遗民，这也同时使他成为一道文化风景和文化人的标杆。

钟晨先生最初的事业轨迹是与文化无缘的。他入仕很早，20世纪50年代中期，26岁的他就出任淮阳县副县长。那是个组织选拔与群众公认都很客观的年代，坚定的信仰、出众的才干与曾经有过的教育背景使他脱颖而出。此后若干年间，钟晨先生相继在淮阳担任了一系列重要或不那么重要的领导职务。身世的浮沉，在带有鲜明时代痕迹的同时，也呈现出某种性格宿命的必然。

在这些浮沉之间，即使是面对荣誉与掌声，即使是面对误解与责难，即使是面对十多个月不知道去哪里领取工资的困窘，钟晨先生始终保持了一份淡定从容,保持了不愧天、不负民的务实勤勉。

20世纪80年代初期,可能是为了尽显盛世之象吧,各地修志成风。钟晨先生又被任以淮阳县志编纂委员会的副主任,这本是个兼职,开会时谈些散韵就可以了,但强烈的文化使命感,赋予他五十多岁的羸弱之躯以蓬勃的力量。他很投入地参与进去,抓纲抓目,谋篇谋句,成为这项工作的主导与核心。

史志的要义,不在容量,不在文笔,而是客观真实,史家之笔是需要骨气和胸襟做支撑的。钟晨先生以自己的言行,有力地倡导并坚持了这些,编就的《淮阳县志》成为有历史感并对后人形成启发借鉴意义的方志名著,也在当时全国范围内成为同类志书的典范。

钟晨先生中年起就坚持临池摹帖,晚年更是以书法名世。他从"二王"、陆机入手,徜徉于赵松雪、于右任风神之间,书法作品几多简淡萧散的意味,不激不励,不悲不慨,没有仰天长啸的豪迈,没有铁马冰河的激越,没有越溪吴柳的柔媚。像是高士策杖于松林,可以看到人的从容,听到风的流畅,嗅到绿的平和,把那种抽象的书法艺术的美,还原成山川形胜间的声色纷呈。这已经不是艺术自身的魅力,而是人书合一的交响。

所以说钟晨先生书法艺术的造诣,不是临出来的,不是练出来的,不是悟出来的,而是风骨情操的自然外化。弗洛伊德总结的"本我、自我、超我"三重境界,在钟晨先生身上表现得复合而明净。

1988年3月,值钟晨先生57岁寿辰,也是他投身革命工作40年纪念,我写了一首诗献于他的寿席,题目就叫《为祝李叔高寿》:

　　出世入世破昏晓,四十年来雨潇潇。

清风两袖荡岁月，达人三昧归寂寥。

胸次浮云笔底澜，眼界红尘梦中消。

素处以默养天命，康寿之道正逍遥。

尚在读书的我，从钟晨先生身上读到的，就是那份素处与通达，而他那简淡萧散的书法，便是这素处与通达悠扬于宣纸之上的箫音。

钟晨先生与我的父亲相交很深，是那种既能彻夜长谈又能对坐无言的挚友，相同的阅历和人生观，是他们酸甜相宜的下酒菜。而我从少年时，就受益于这些下酒菜的滋养，至今仍觉回味不尽。

钟晨先生对我十分关爱，既是父辈长者的殷切，也是传精神衣钵的放眼，点点滴滴，暖意盈怀。曾手把手教会我猜拳行令，曾秋夜更深携我去品酒品茶，曾无数次过问我的工作学习，曾为我取得些许进步而欣喜开怀。2001年春，钟晨先生病情危重，我最后一次见他是陪同另一位长者去看望。临别时我刚要走出病房，先生猛然间撑起已极度虚弱的身体，急切而苍凉地呼我、嘱我……数年之下，每忆及此，犹觉情不能堪。

钟晨先生离开我们这些年间，古陈州很多人时常自觉不自觉地想到他、谈到他，尤其是在涉及文化建设、人格修养、书法艺术时，他都是个不能回避的话题。先生哲嗣学峰兄，整理了一批钟晨先生书法墨迹结集出版，这能让我们更加全面地领略钟晨先生精深的书法艺术造诣，同时也给我们展示了一种人格的魅力。

开卷自有益，阖卷当深思。人书殊相宜，大道不可分。

2013年5月29日夜

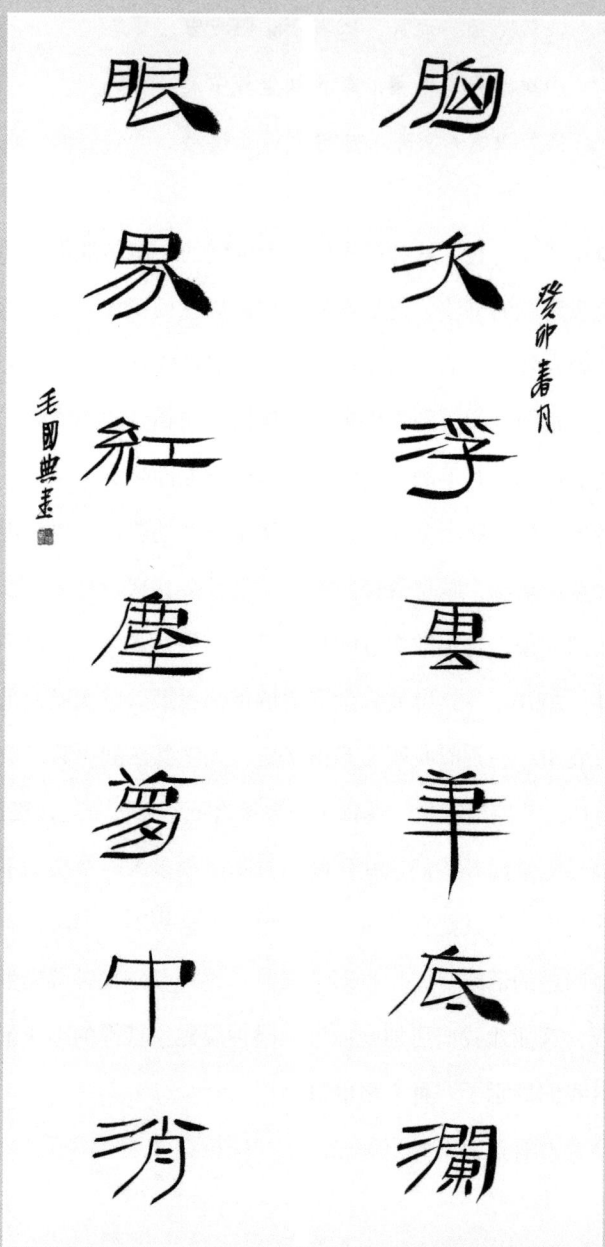

胸次浮云笔底澜　眼界红尘梦中消　毛国典书

贤者澄怀味象

为陈国立传，是一项难度很大的工作。

一是记载有限。陈国虽是西周王朝初次分封的公侯级大国，但在存世568年间，始终没有成为时代舞台主角，涉及陈国人和事的各类历史文献，均显得支离而零乱，不够系统，不够清晰。

二是遗迹杳了。三千年的时光，足以摧毁豫东平原上一切可能承载陈国信息的历史遗迹，这中间又穿插了无数次的黄河泛滥、战火炙烤，虽是故地，田原阡陌也早已不是当年模样。

三是人事乏善可陈。首任陈侯妫满颇具贤德和才干，为陈国数百年的发展奠定了不错的基础，但此后无论是西周依礼而治，还是春秋战乱频仍，陈国在群雄竞起的环境下，既无明君，也无贤臣良将，是个资质平平，努力想过却越来越难过安稳日子的角色，发现不了多少照亮历史的闪光点。

没有齐桓晋文之事，《左传》将黯然失色；没有长平桂陵之战，《战国策》将了无生气。历史传著，莫不如此。

在这样的情况下动笔写陈国的历史，不仅检验着著作人的史识才情，也是对社会科学研究规律的探索和挑战。

——要有强烈的文化自觉和文化责任。不是把文化视作职业、视作学术，更不是视作姿态、视作名利，而是把文化视作维系精神与文明的承载物，将自身的价值追求、生命情怀与文化作为，有机地结合起来。

——要有真切的奉献意识。在这个研究过程中，有着大量的时间、精力和经济付出，这些付出不是来源于外部的指令，而是来源于著作人内在的动力。这些付出是无所索求、无以回报的，付出的收获是很多人难以理解的精神的愉悦。

——要有纵横捭阖、拾遗补缺的学术识见。要善于对已有的资料进行归纳、判断、推理，从有处寻找无，从虚处探究实，从微处知晓著。聚凡人琐事之沙，而成史著之塔；从宏阔的春秋大背景下，感悟一隅之国的存亡之道；从地域文化的特质中，探寻华夏文明的蓬勃生机。

张进贤老先生就是一位具有这几方面突出特点的文化人士。

他出生于古陈国这片浸润着无尽人文生机的土地，血脉中自然生长着质朴、执着和灵秀。他在走出古陈国半个多世纪，在多个学科领域、多处山川形胜间，都留下了坚实足迹之后，又重新回到古陈国的土地，将目光穿越三千年时空，冷静地巡视着在礼制与欲望间沉沦挣扎的先民们，与另一位文化学者张继华先生一道，澄怀味象，含道映物，给我们讲述了一个严谨深刻的陈国故事，这就是《陈国史》。

因为有了那段陈国的历史，才成就了今天我们这些古陈国后人的荣辱是非；因为有了张进贤、张继华两位先生的史笔，才让我们有机会重新走进曾经的陈国历史，并思考着，收获着。

2014年4月22日

［为张进贤、张继华著作《陈国史》（海天出版社2014年6月出版）所写序言。］

"四名"以至无限

享用自然的赐予和人类的创造,不外乎满足两方面需求:物质的和精神的。老子据此营造出的人类生存理想境界,就是"甘其食、美其服、安其居、乐其俗"。

志刚先生的"四名丛书",正是立足于这一境界,结合历史的沉淀和时代的发展,关注、总结、提炼出来的,又可以更好地诠释和丰富这一人生境界。

四名者,名人、名胜、名品、名篇也。

名人者,域中四大之一也,老子所谓"道大,天大,地大,王亦大。域中有四大,而王居其一焉",而称其名人,必是其中的圣贤龙凤,是当然的根本;名胜者,眼目之所好,澄怀之所依,每每登临,则可观"长空万里送秋雁",可发"思古之幽情",令人心游万仞,思接千载;名品者,虽为物用之欲,亦是代代琢磨,件件机巧,无不渗透着中原烟云与时代智慧;名篇者,以文字摹万类霜天,状百般滋味,叩击心扉,以释放精神,引发无限共鸣。

由此可知,四名者,实为万象之归依。四名中的人文与物用,都凝聚着绵绵不尽的精神情怀。四名可揽,万象无痕。

这四名中的林林总总，被志刚先生拣选出来，著文推介，具有五个共同特点：

一是地域性。都是诞生在豫东这片土地上，是质朴智慧的陈国后人的创造，有着鲜明的黄河肌理和黄土气息。

二是代表性。突出了"名"的属性，既自身质量好，又为人们广泛关注和认可，是同类物种中的优秀者，能够以最佳的状态表现生命力和创造力。

三是文化性。那些先贤大儒、诗文佳构、亭台楼阁自不必说，即便是肉、汤、面的背后，布、皮、泥的背后，砖、石、木的背后，都深深浸润着大道之思与义理之辨，是可触可感的人文情怀。

四是历史性。"四名"体系，构建于历史深处。没有一干古圣先贤，没有千秋经典名著，没有张楚建都、武平让县，没有羲陵岳峙、太清夕照，没有古法陈酿等数个"非遗"项目，"四名"的价值和意义都将大打折扣。

五是可借鉴性。作者的着眼点，不囿于过去，不拘于当下，而是未来和远方，是志在弘扬。他有着"谋一隅更谋全局"的视野、"先行一步，试水探路"的勇气和"登临绝顶，回望众山"的信心，让笔下的诸"名"形成广泛的示范借鉴意义，带动更多更大的"名"。

这四名中，有《诗经·陈风》、老子程颢的大雅，有肘子熏鸡、猪马牛羊的大俗，这大雅与大俗，在用心构架和有趣文字调和下，变得云水冲融，相得益彰。作为调和者的志刚先生，在这里是妥妥的本色出演。

志刚身上的雅俗共存共生，不是大开大合的激荡，而是静观自得的认知。

志刚沉稳、勤勉、博学，工作之余，多是读书、写作、散步。在这套书中，就充分展现了他开阔的眼界和用心的积累。他是那种奉行极简，又可以把极简生活过得绚烂的人。

守心者静，知静者智深。由此推论下去，应验了一句古话："智深者仁，志远者刚。"相信志刚先生的文化传承弘扬之志，必能开辟出更为辽阔的未来。

2019年12月23日于赴汴车中

[为郭志刚著作"周口人文博览"系列图书《周口名人》《周口名胜》《周口名篇》《周口名品》（河南美术出版社2020年12月出版）所写序言，略有改动。]

因其深厚　故能广博

学识与才华的丰富，是一种有质量的呈现。要真正做到，成本很高，包括了天赋、兴趣、勤奋、机遇等，很多人承担不起。

于是就有人误认为，什么都有了，就是丰富。十八般武艺耍一遍，便是武林高手；写字的，真草隶篆都来；弄文的，诗词歌赋都来；唱曲的，生旦净末都来；玩风雅的，琴棋书画都来。误把罗列当成了丰富。殊不知，"货卖堆山"只是经营手段，不代表商品质量。

近年，相继出版了《弦歌大雅》《陈风大雅》两本书的张华中先生，是一位真正意义上的丰富者。

其人，既豪放不羁，又心细如发；既执得起铜琵琶，又捏得住红牙板；既左右猜拳纵横饮酒，又青灯黄卷焚香观心。

其艺，则是群壑连绵，处处风景。新诗歌、旧辞赋、书法、武术等等，凡所涉猎，无不造诣精深，名重一方。如名山的云水松石，既各具其美，又共呈其奇。

其诗书文集，古的悠远，诚可编入风雅颂的阵列；新的开阔，望闻问切各类不断涌现出的时代风尚；论的深刻，对人对艺对社会，都能够透过皮相找法度，循着法度探道源。

一本《弦歌大雅》，是以他的小楷书法，表现古今歌咏淮阳的诗歌，别有韵致。但毕竟是写他人的东西，少了内容的魂，展示的是书法的面目。

一本《陈风大雅》，是他这些年创作的诗词文赋的结集，可以让大家集中认识五彩斑斓的张华中。但个中有些篇章稍嫌用典冷奥，滞碍了阅读，亦为憾事。

两本书的共同点，是围绕陈、淮阳这样的地域主题，铺陈开诗情和书韵。

中国有很多古老而曾经繁盛的地方，因为是在诗的国度，这古老而曾经繁盛，就很容易与诗歌结缘。一是由诗歌来证明和维护其古老；二是以诗歌来记录和渲染其曾经的繁盛；三是古老而繁盛延续至今的文脉，又往往表现为诗歌。

淮阳就是这么一处地方。淮阳这个地名起得好，响亮，很有空间感。起名的思路不复杂，就是把地域称谓变为行政区划名称，但一定是在一个天下统一、时局稳定的时期起的，不然就不会有这么大的格局。这让我们今天站在淮阳的风中，南望淮河，无论隔了多少楼宇多少繁华，都可以视若无物。

淮阳的原名叫陈。与淮阳以空间感取名不同，陈是以时间感来取名的。时间的那一端在哪儿，我们今天还找不准、望不到。清晰的东西让人踏实，模糊的东西引发想象。回望来路，目光穿过衡门越过宛丘，却总也寻不到先人出发的地方。

千百年来，与陈、淮阳这样的地名形成标配的，便是诗歌，如其中的《诗经·陈风》，更是成为时空间无限张扬的文化坐标。

而在中国传统艺术形式上，与诗歌互为标配的，恐怕就是书法。

20世纪80年代初，华中先生便以抒情味很浓的现代诗名满中州，他的现代诗作品和他这个人一样，很青春很健康。同时，以一手古朴凝练的楷书，为太昊陵重修碑书丹的张华中，又给人们展示了他入古很深的一面。几十年走过来，华中先生身上古典与现代融合得了无痕迹，书法与诗词文赋互为表里，相得益彰。尤其是他的小楷，把灵动与拙朴融在一起，既有杨柳依依，又有老僧入定，看得人里外透着舒服。

无论在所涉猎的哪个领域，华中先生似乎都在有意无意地挑战古人的饭碗。如将不尽，与古为新。也好，应该让后人知道：古典，只是一种风格，大雅，只是一种境界，都不是古代人的专利。

2020年12月1日

［分别为张华中著作《弦歌大雅》（河南美术出版社2019年8月出版）、《陈风大雅》（河南美术出版社2021年11月出版）所作序言，融合为这一篇。］

执大象，以御风而行

张文平先生是个凭实力形成大影响的书法家。

近期，他写了一批扇面形式的作品，原本是朋友间酬答用的，写得多了，萌生了总结一下的想法，要结个集子。

书法家出集子，目的主要如下：

一是为散发出去的作品存个备案。就像存着少年时的照片，纵使青春不再，也知曾经当年。

二是满足更多人的欣赏需求。书法家的作品与作品集，就如同歌唱家的演唱会与唱片，作品与演唱会终是受众有限，而作品集与唱片则可传得广。

三是这样出集子也是一种极限挑战。扇面的形式和尺幅限制书法艺术的表现力，而百余幅扇面书法要各有面目，各呈风采，就像是要求一个武术大家只用一个招式打倒众人，着实考验功力和应变能力。而文平先生游刃有余地做到了，还把这一招制众敌的过程，用慢镜头放给大家看——把百余幅扇面集中排列展示——端的是艺高人胆大。

文平先生书法艺术的造诣和影响，很多业界专家长期跟踪研究，评得透彻，不少外行也能说个一二，总的调子就是好。技术性一点表述，就是他把传承千年的"米芾体"书法,写出了时代特色,写出了个性,形成了世人公认的新的高峰。

做到这样十分不容易,因为书法艺术呈现形式最简单。

拿毛笔蘸黑墨在白纸上行走,晋唐宋明,春夏秋冬,儒释道俗,等等,莫不如此。任他世界多么丰富多彩,任他科技多么花样翻新,都帮不了忙。

这种简单,造成书法这种艺术参与者多,很多人都可以低门槛进入。我这里讲的低门槛,不是书法艺术的门槛,而是书法爱好的门槛。很多爱好书法的人,备了笔墨,奋力经年,身边时有亲朋的喝彩,不碑不帖地便自认为是书法家了,其实离书法艺术门槛还有来生的距离。

这种简单,更造成书法艺术参与者众,成功者少。要让简单的线条形成强烈的艺术感染力,必须融入很多的东西,如修养、审美、感情、功力等,于不经意间化简为繁,看似简单,却活力无限、张力无限。

做到这样十分不容易,因为书法艺术审美元素最抽象。

一般意义上的审美,是物象、音响等引发人的感情共鸣。这里通过视觉传导的物象,主要包括造型和色彩。书法艺术的这两点,却有点"惟恍惟惚",虽然讲间架结构,讲墨分五彩,即便内行人做得到,外行人也看不了。这也是书法艺术门槛,看似人人可迈,实则攀之唯艰的原因之一。

在书法艺术这个简单而抽象的世界里,张文平先生构筑起了自己的私家园林,如沧浪亭般,可期千年。

这之间的勤奋自不必说,日日临池,焚膏继晷,是他生活的常态;

这之间的博学自不必说,经史子集,汉赋唐诗,不断被从书中装入大脑;

这之间的远游自不必说，五湖四海，名山大川，被他携酒走了个遍；

这之间的痴执自不必说，一从沾染，再无他恋，与笔砚相伴五十多个春秋。

而这些，都还不足以让他成为张文平。

透过事物表象，把握其规律，循大道，执大象。这是老子提出的观察认识世界的重要方法。但这是哲学意义上的方法，不是技术层面的方法，所以很多人弄不明白，或者，即便弄明白了，也掌握运用不了。

对于书法艺术的理解领悟，因为其简单和抽象，更是如此。

文平先生对于书法艺术的理解领悟，深刻透彻。这种深刻透彻，很难以语言文字表述准确，大概来说，就是知道什么是好，知道怎么样达到好。

或是因为与老子诞生在同一片土地，长期受同一方水土滋养，相隔了两千五百多年，文平先生仰承先哲智慧，技法意，意法道，道法自然，执了书法艺术的大象，在这条路上，走得意气风发，通透无碍。

而这册扇面书法集取名《御风》，无论是表达扇子的消暑送风，还是表达笔墨间旷放萧散的书风，抑或是道家所追求的御风而行的自由境界，都不如说是，它给书法爱好者的生活提供了一套新风系统，使文化的呈现更自然。

2021年11月20日

［张文平扇面书法作品集《御风》（河南人民出版社2022年8月出版）所写序言，略有改动。］

世象正义

人文首先是一种精神

人文是个很宽泛的概念，我们的引用或解释即便正确，也只能是它的一个侧面。所以，当我们处于文化不足以承载其重，精神不足以表达其实的环境时，人文的使用频率就会越来越高。

社会进步的基础，从表面看，是生产力的发展和阶段性先进文化的普及，但究其根本，还是人们精神需求的膨胀与超越。

人们常犯的一个错误就是，总试图用形式上的文化，去推动或代替凝聚其内、飞扬其外的精神，或者一厢情愿地认为这就是精神了。殊不知，屈原、王夫之、鲁迅们所疾呼的人类的主体性精神，总是被文化游离着，道器不谐。

很多时候，我们的知识分子，和他们所掌握与运用的文化，有意无意间放弃了社会批判的责任，扮演着技巧化与工具化的社会角色。那么在这样的知识分子与文化面前，我们只能很宽容地加上一个"小"字。因为他们终究不会明白，什么是大视野下的聚焦、宽胸怀下的执着、高格调下的雕凿。

而更有甚者，如老子所谓"智慧出，有大伪"，文化发达了，人文疲软了，精神沉沦了，诗书礼乐演绎的苍白浑浊，更使人感受到别一番凄怆。

　　人文概念的宽泛，应该理解为一种包容性，而不是像上世纪80年代谈"改革"、90年代论"机制"一样，将其泛化为荤素咸甜都能装的筐。这种包容性的人文要扮演好积极的社会角色，就要超越于历史、哲学、文学、宗教、地理、经济等一切文化形态，克服其易患的狭隘病，从物欲自我的异化这一深不可测的泥淖中解脱出来，把握以文为质、以人为本的内核，张开精神的垂天之翼，飞升于人类理想的境界。

　　这样的人文才是有历史感、有生命力的；这样理解人文才是负有使命、明于自知的；以这样的指导思想办人文杂志，才能明白什么是目标，怎么样实现目标。

2007年7月

［为《周口人文》杂志所写创刊词。］

修文好古　览史知变

地处黄淮平原的河南省周口市，历史文化积淀深厚，是一片蕴含丰饶文化资源的富矿区。关于这些文化资源，我们面临三个任务：一是有力保护好，不能令其自然湮没于时间，不能人为损毁于无知或利益；二是务实开发好，充分挖掘和展示其价值，让历史深处的燧火，点燃我们今天案头的灯盏；三是全面传承好，当我们把这份遗产交给后人的时候，不能只是仰承历史原汁原味的东西，还要有我们的总结与创造、思想和智慧在里面，赋予其时代内涵。

最初动议搞《周口历史文化通览》（以下简称《通览》），就是基于完成这三个任务的考虑，这是立意定位，也是一种文化责任感的体现。

编纂工作正式启动后，围绕写什么和怎么写，首先遇到的，是通览周口历史文化点、线、面关系的处理问题。周口是个空间的点，历史是条纵向的线，繁衍于这片土地的历史文化，虽特色独具，有着鲜明的地域性，却不狭隘封闭，又具有很强的空间辐射力和时空穿透性，活力四射。

地理与气候是这片土地最早的优势：平原腹地，握黄淮之枢，草木茂盛，渔猎相益。六千多年前，伏羲氏部落先民创造的原始文明，因为不断传播和广为接受，成为华夏文明的重要源头。

这就决定了审视周口历史文化的着眼点，应该是开阔的、多元的、立体的散点透视。在中原文化、民族文化、中华文化的大背景下，廓清周口历史文化的脉络，理其乱，纠其伪，释其疑，续其断，还原一些东西，深化一些东西，这是应有的学术视野，也是研究历史文化的科学理念。

在四年多时间里，数百位编纂人员，根据《通览》四卷（历史卷、文化卷、民俗卷、人物卷）的类别分工，全身心地投入工作，凭着乡土情怀、求知劲头和职责意识，勉力实施这项没有先例可循、没有模式可套的大工程。其间表现出来的团队意识和学术精神，成为一种独特的时代文化现象，并为当今和后世带来一系列启发：

一是主导文化继承与弘扬的，是自觉力量而非自发力量。这些对历史文化有造诣、有兴趣、有责任的同志，围绕共同的目标，上下同欲，探索前行，以今人的视野回顾历史，以主人翁的姿态创造历史，既有科学态度，又有忘我精神，有力地印证了自觉力量对于文化发展的推动作用。

二是"地方部队"同样能够组织文化大战役。《通览》从创意策划、谋篇布局、搜集资料到具体执笔，都是由地方文化工作者在做。正是这些同志，成功组织了上下六千年、纵横四百万字的文化大战役，表现出了合纵连横的战略眼光、攻城略地的战术水平和横刀杀伐的猛士风范，说明在专业性很强的历史文化研究领域，学院派和草野派各呈千秋，正规军和地方武装都拥有制胜的战斗力。

三是重大学术成果，必然来源于实践与书斋的有机结合。《通览》编纂者大多不是专业研究人员，在编纂工作中结合各自专业所长，既能够在书斋中沉下心来，精研细判，去伪存真，又能时时走出去寻访遗址故地，实地勘验，掌握最直观的历史痕迹，更注重到群众中座谈了解，查找线索，把民间传说与文字记载和遗迹实物相互佐证，最大限度地保证了涉及内容的准确客观。

四是拓宽了历史文化研究空间。《通览》全景式地总结展示了周口历史文化，构成一个纲。而就其中某一时段、某一事件、某一人物等的专题研究，将是必然的衍生品，构成众多的目，开启丰富的专题项目，形成历史文化学习研究的热潮，创造出更多的学术成果。

书印出来了，无论主创人员的愿望多么美好，工作多么努力，缺憾总是难免的，也就一并留给后人去弥补。这也是由历史和文化发展规律决定了的。

2009年12月26日

［为《周口历史文化通览》（学苑出版社2010年6月出版）所撰前言，略有改动。］

争之有道，切莫因争害实

对于已经过去了的历史，想要完整地还原它的本来面目，是不可能的。但无论怎样过去了的历史，都会留下把握它、判断它的痕迹，留下最大限度还原曾经真实的依据，这也是不容否认的。所以说正确的历史文化观，既不能僵化，也不能虚无。

在这种历史文化观之下，逝者如斯，时光虽不能倒流，但很多未知都可以给出一个基本符合客观真实，又能为大多数人接受认可的解释来。因为一是有大量文献记载相互佐证，二是有考古发掘的实物不断提供证据，三是学者们加以研究分析、归纳判断，四是人们有不为外物所役的寻找正确答案的愿望和勇气。

但是近些年来，围绕一些原本已归属清晰的历史文化资源的争夺，又因现实的某些需要纷纷展开。由地方政商力量主导，所谓"学界人士"承袭历史上某些非主流的观点，以学术争论的面目出现，试图动摇甚至颠覆已形成客观定论的东西。比较典型而有影响的，如河南鹿邑与安徽涡阳的"老子故里"之争，四川江油与湖北安陆的"李白故里"之争，等等。

其实包括一些名人故里归属在内的历史文化疑案的出现和存在，是很正常的。记载不明、证据不足、沿袭脉络不清、地理变迁等，几方各执一端，争之有道，言之成理，难以做出明确的判断，这些均可"姑且存之，留待后人"。如有关诸葛亮身世的襄阳南阳论，数百年争来争去，却也成就了一段佳话。这是个文化学术层面的问题。

但今天社会上出现的一些历史文化资源争夺，却往往是以学术之名来掩非学术之实了。虽然争论各方都会摆出诸多的文献、考古依据，但这些东西的证明力度相差很大，有些甚至是已经过历史上多次考据、对比、研判而不被认可的。

比如围绕"老子故里"之争，河南鹿邑和安徽涡阳都强调在自己地界的"故里"遗址，发掘出土有大量古代碑刻。但稍加对比，碑刻年代相差近千年，规格、数量、碑文内容指向性等更是悬殊。

再比如围绕"李白故里"之争，四川江油和湖北安陆都提出他们有丰富的文献记载。但李白在世时，和刚辞世时，几位朋友或学生写的文章都讲明了他的身世，特别是李白的好友和从叔李阳冰的《草堂集序》，更是说得清晰而有权威。

如果只是从文化与学术层面分析这些问题，得出相对客观的结论并不困难，当事者也应当有清醒的态度。但如果是为了历史文化资源的商业化开发，如果是为了扩大影响力或提升政绩，如果利益的需求超越真相的求证，就是另一种社会问题了。

这种社会问题带来的负面影响不可忽视。一是会使人们误认为历史是可以根据需要随意摆放的，弱化对历史应有的尊重，引发历史虚无主义的错误；二是会在国际上损害中国的文化形象和文化软实力。

老子是中国古代哲学的代表人物，李白是中国古代文学的代表人物，两个具有国际影响力的文化名人，身世尚且存有这么多疑点，"故里"这个从概念到归属都应该明确的东西还飘忽不定,那么中国历史文化的真实性就会令人怀疑,影响力也会大打折扣。曾有一位欧洲学者,两次受邀,到两个地方参加"老子故里"的学术研讨会,他无奈地表示:但愿老子这个人物是真实的。

因争而害实,因利而伤史,却还要煞有介事地摆下学术的架式。"文化"就这样被市侩化、痞子化了。

对于这种贻害深远的无谓争夺,我们不能再因其披着学术的外衣而放任它,要采取积极、科学的态度,形成有效统一的认识,向世界负责任地展示中华民族的优秀历史文化。这也是一种国家责任。

2013 年 12 月 11 日

让城市的灵魂更有趣

——在第八届"博博会"博物馆发展高峰论坛的主旨演讲

城市的发展往往与文化的发展相伴同行。城市聚集了人群,聚集了生产资料和生活资料,聚集了人们的追求和欲望,这就需要有规范和约束。

这些规范和约束一旦成为公众认识,并为公众所遵守,便以文化的形式渗透到人们生活的方方面面,渗透到城市的各个角落,渗透到人们的情感和意识之中,变得日用而不觉,并不断地外溢、物化,成为城市的灵魂。

随着社会发展,文化的形态越来越丰富多样。超越于宗教、制度、生产力方式等的众多文化形态,形成了更为广泛的软实力,影响着历史的演变与进程。

城市可以有不同的规模、不同的形象、不同的发展方式,但城市的灵魂,都是由其独特的文化凝聚而成并展现出来。无论是交通信息不畅的古代,因封闭而形成特色,还是一体化、全球化快速推进的今天,因效率而形成特色,城市文化总是城市生命力中最深层、最顽强、最活跃的部分。

今天,我们提及洛阳,头脑中的第一反应是九朝古都、"牡丹甲天下"；提及苏州，第一反应是园林名士、"十万人家尽枕河"；提及深圳，第一反应是高效与创新、楼宇街巷间蓬勃着青春力量；提及周口，第一反应是道德名城、临港经济对接起传统与现代。而这些城市的产业结构、规划布局、GDP总量等，都是再往下考虑的内容了。

所以评价一座城市、认可一座城市、选择一座城市，就如同智慧的年轻人选择伴侣一样，首先就是要有"有趣的灵魂"。

这之间就有对灵魂的塑造和评判。文化是城市的灵魂，这种文化必须是先进的而不是没落的，是体现真善美的而不是假恶丑的，是系统的而不是片面的，是自觉继承的而不是割裂的。简言之，这种文化必须是统一于中华优秀传统文化大背景之下的。

此外，还有一个要素，就是凝聚成城市灵魂的城市文化，必须有鲜明的个性特色，以独有的地域特质，彰显具有广泛影响的文化活力。

一座城市的文化资源，往往是松散分布的。既有空间上的松散分布，也有时间上的松散分布；既有有形的、物质的松散分布，也有无形的、认识上的松散分布。无数的人物、事件、建筑、典籍、制度、礼仪等，以及对这些文化资源的理解、认识、评判，往往都是呈松散分布的。

这一分布状态的优点，是可以继续保持其丰富性和广泛性。不足，是缺乏系统的展示、严谨的归纳和科学的引导，不利于更全面直观地了解其历史和文化，不利于形成统一的健康向上的文化价值观。

博物馆的出现，可以很好地解决这些问题。

博物馆的功能，是以展示为核心，展示的背后，是收藏和研究。从这个意义上说，博物馆的藏品（包括了各类城市历史文化资源）与博物馆的展品，就是原料与美味佳肴的关系。

对于松散分布的文化资源，博物馆可以将其有机地统一于一个主题之下进行展示，通过实物、图片、文字等，对这些文化资源蕴含的信息、相互的关联、体现的价值进行挖掘，使松散的得以整合，模糊的变为清晰，让历史的服务于现实，让文化资源化为文化影响力与引导力，形成有益于社会大众的文化大餐。

正是因为具备了这样的功能，博物馆才能够不仅仅是一个地方历史文化的展示窗口，更是城市文化建设的主阵地。

而地方博物馆不同于国家博物馆、首都博物馆、上海博物馆、南京博物院这样的大型古典艺术博物馆，受资金、人才、展品质量和数量、观众心理预期等多方面因素影响，地方博物馆更要突出特色发展。

首先是所有制形式或称投资主体的多元化。地方博物馆可以是政府、企业或其他社会力量主办，可以是民办公助或公办民助，可以是社会力量投资建设无偿捐赠，等等，文化属性和公益属性下的形式多元，是文化凝聚成灵魂的重要催化力量。

第二是展出主题的地域性。由于历史的积淀、自然的禀赋、志趣的差异，每个地方在今天都具有可资继承、总结、展示的多种文化形态，构成博物馆展出主题的地域特色，这也是避免地方博物馆同质化发展的核心要素。这里的地域性包括广义的和狭义的。广义的地域性是指对该地域内历史文化脉络的全面梳理，狭义的地域性是指对该地域内有重大影响的文化资源的着重展示。比如杭州的博物馆，必然要反映吴越文化的千年融合与流变，更是无法回避良渚文化在华夏文明史上的地位与价值。

第三是陈展方式的创新性。随着科技作用的发挥，博物馆的陈展手段在不断创新，尤其表现在声、光、电的运用上，辅助展示了更多历史奥秘，活化了更多历史场景。而传统手段运用得当，同样可以拾遗补缺，让主题更加鲜明，更有助于知识的普及。比如周口市博物馆的历史文物陈列，是按时间脉络，以实物来展示的通史展，不可避免地存在深度不够、覆盖不全的缺憾。有学者据其历史文化的全脉络创作出诗词歌赋，以书法作品形式常年展出，与基本文物陈列一虚一实，互为补充，开创了地方博物馆历史文化展示的新形式。

文化的根本，是要培塑人格和灵魂。一座城市的灵魂，既要普度众生，即让城市中的每一个人都浸润出与其相一致的气质；又要千年承继，即不因岁月的流逝、时代的变迁而蜕变。决定这其中生命力和稳定性的，让城市的灵魂更加有趣的，只能是健康的文化及其科学普及。

2018 年 11 月 25 日

要说明的几个问题

1.《诗经》何以为经

《诗经》作为一部独立的典籍,最早的名称是《诗》或"诗三百",这在《论语》《左传》等文献中有多处出现。它是西周至春秋末五百余年间的一部诗歌选集。我们今天习惯上讲"诗歌总集",是以作者之众而言;若以作品质量与标准,称诗歌选集,似更能为大众理解和接受。这种选集的呈现,则需要有充分的社会基础和文学基础。

社会基础就是要广泛普及,尤其在周王室和诸侯士大夫之间。普及就意味着被关注,有价值。《左传》记载有多处春秋时期诸侯交往中"赋诗言志"的场景,以赋诗委婉表达个人志向和政治诉求。

文学基础就是要有提供选择的诗歌作品数量。"诗三百"是通过采、献、选、删等多种程序筛选后确定下来的,它的背后应该有个庞大的选择基数,至少也像《史记·孔子世家》所谓"古者诗三千余篇"。未被选入《诗》的,大多散佚,极个别几首作为"逸诗",被其他先秦典籍记载流传下来,已属幸运。

充分的社会基础和文学基础,决定了《诗》具备走向"经"这一文献典籍圣坛的基本价值。

诗最早被周王室高度重视,目的是"观风俗,知得失,自考正",是为了维护礼。孔子深谙这一道理,有意识地以《诗》解礼。战国后期,《庄子》一书中记载孔子向老子讲述自己研读《诗》《书》时,始有"六经"之说。《诗》之为经,有了初步概念。但这还只是尊称,并没有达到规范天下的常道地位。

《论语·八佾》记载有孔子与弟子子夏的一段饶有生趣的对话:

> 子夏问曰:"'巧笑倩兮,美目盼兮,素以为绚兮。'何谓也?"子曰:"绘事后素。"曰:"礼后乎?"子曰:"起予者商也,始可与言《诗》已矣。"

这段对话,对中国教育思想、文艺理论、《诗经》研究都应该有重大影响。师徒二人由美色联想到绘画,由绘画联想到礼乐,这种思维方式是《诗》走向"经"的重要推动力,也暴露出儒家诗教,其用意不在文学。

《论语》中还记载有孔子论诗的话,比如"兴于诗,立于礼,成于乐","诗三百,一言以蔽之,曰思无邪",等等,都表明孔子心目中的"诗三百",是要用来"克己复礼"的。

不仅《诗经》如此,"六经"均具有思想旨要上的统一性。《汉书·礼乐志》认为"六经之道同归,而礼乐之用为急"。"六经皆礼"成为后世经学家一致的认识。

战国时期,孟子著文,处处引诗化诗,以诗明道。荀子更是将《诗》列为儒家诸经之首,是圣人之道的重要源泉,大大提升了《诗》的地位:

> 圣人也者,道之管也。天下之道,管是矣,百王之道一是矣。故《诗》《书》《礼》《乐》之道归是矣。《诗》言是其志也。(《荀子·儒效》)

尽管儒家推崇,但法家、墨家等却视《诗》为亡国大患。李斯颁定焚书令,更是首推《诗》《书》。被敌视,也是价值与分量的表现,说明《诗》具有超出文学意义的影响。

而到了西汉武帝时期,采纳董仲舒"罢黜百家,独尊儒术"的"天人三策",儒家学说成为治国施政的基本纲领和政治伦理,《诗》正式被列为儒学"五经"之一而成为《诗经》。至此,由《诗》到经,完成了形式上的转变。

汉儒注经,是历史上十分重要的文化现象。其中注《诗》者人数尤其多、影响大,齐、鲁、韩、毛四家诗各有所长。后因郑玄作笺,《毛诗》地位遂远高于三家之上,因此三家渐失,《毛诗》独传。《毛诗》的突出特色就是处处美刺,要么是歌颂,要么是责刺,给《诗经》中每篇都赋予了与儒家政治教化有关的题旨。由此,经的实质性意义更加凸显。

至后世,政治家、哲学家、史学家、文学家等频繁在文字和言论中引用《诗经》,不断丰富解诗的语言环境,深化《诗经》的思想意义,《诗经》的教化价值渐渐具有普适意义,融入人们的价值理念和人生态度。

由形式到实质,由文学到社会伦理,由"被工具"到成自觉,《诗经》终以为经。

这里介绍了《诗经》何以为经的过程和因素,很多观点是总结前人的。概括起来说,孔子重《诗》,是认为它对于世人有修身养性、敏于辞令的启发借鉴意义；孟、荀重《诗》，是认为它是治理天下的要项，合于圣人之道；汉儒重《诗》，是认为它有助于明是非、辨正邪、匡风化；后世重《诗》，渐渐呈现经、诗并重之势，是因为其中既有教化修养，又有形象感情、语言声韵。

历史地看，本源地看，《诗经》为经的实质意义，还在于它是诗的经典。

2.《国风》何以成风

今天我们都知道《诗经》有风、雅、颂三种诗体，有十五国风凡一百六十篇。而在《诗》之初成，却是只有雅、颂，没有风。《论语》《左传》的记载，只有周南、召南、邶、卫、郑等，并不提及风。《国风》中篇章，也未有一处喻义的风字，倒是《大雅·嵩高》中有"吉甫作诵，其诗孔硕，其风肆好"。

这一处写得就很明确，以风来形象地、富有内涵地形容诗乐。再综合其他先秦文献可知，风，本来就是音乐曲调的意思。古人每闻风吹之声，大小高低、清浊长短各异，有如乐曲，便以风比之。庄子称风为"天籁"，也是这个道理。

汉儒编纂《礼记》，才出现"国风"一词，置风于各地名之下，成为《诗经》诗体一种，别于雅、颂。卜商《诗序》解释说：

> 风，风也，教也。风以动之，教以化之。……上以风化下，下以风刺上，主文而谲谏，言之者无罪，闻之者足以戒，故曰风。……是以一国之事，系一人之本，谓之风。

这些解释，把风的含义进一步延伸，使其具有更广泛的社会运用。

《诗经》中的十五国风，是当时部分诸侯国和特定区域的民间诗歌。这之间，周南、召南是西周初年设立的两个行政区，王是东周天子的京畿之地，即今洛阳一带，其余邶、鄘、卫、郑、齐、魏、唐、秦、陈、桧、曹、豳，为十二个诸侯国。

来自不同地域的十五国风，从文字上来看，已是风格各异，如果再考虑到已经失传的曲调，反差更大。但有些是一致的，那就是它们都体现各自地方特色，都反映各地民众情绪和社会风俗，都有着感情的真和辞令的美。

这样一来，汉儒赋予的风之称谓，又恢复了庄子"天籁"的本来面目。

《国风》之所以成风，既源于教化之用，也源于诗歌之文。没有教育引导民众的目的，便没有统治者推广的积极性；没有诗歌自身的艺术魅力，便会"言之无文，行之不远"。

《国风》之所以成风，既体现在当年的风行陌上，民众劳而歌、祭而歌、乐而歌、哀而歌；更体现在此后的风行史上两千五百年，人们治世用之，修身用之，咏物用之，感怀用之。其思想艺术，长期浸润感染着民众的生活，使这个古老的国度，成为礼仪之邦，成为诗歌王国。

3.《陈风》何以列编

《陈风》是十五国风之一，共十首，反映了陈国这片土地上的风土人情。十首诗的主题构成丰富，风格面目各异，都有很高的质量，是《诗经》中出彩的组成部分。

《国风》列编了两个行政区、一个京畿之地、十二个诸侯国的诗歌，相较于春秋时诸侯国百余之数，覆盖得显然不全面、不均衡。作为诗的国度，又处于诗歌兴盛的时代，当时很多诸侯国都有自己的诗作。这些诗作有的列编，有的未被列编，定是有取舍的标准。因缺乏文献资料，姑且做些粗略推论。

若论政治可靠，血脉正统，则周南、召南有了，而作为姬姓宗邦、诸侯望国的燕国、吴国未能列编。

若论文化发达、诗风弥盛，则郑国、卫国有了，而与其比邻的作为商族遗脉的宋国未能列编（源于宋地的《商颂》疑为附录）。

若论国力强盛、为周室所重，则齐国、唐（晋）国有了，而以夏禹后人身份威慑东南的越国、纵横江淮虎视中原的楚国未能列编。

综合春秋时期周室治理理念分析，十五《国风》的选列，至少考虑兼顾了六方面因素：

一是政治因素。要与周王室保持一致，尽显周王朝统治下的"莫非王土"。

二是礼乐因素。强调礼乐价值，不得明目张胆地失礼乱序，不得出现"八佾"之僭。因为周室以礼治国，礼乐因素实质上也是政治因素。

三是艺术因素。按地域来整体看，所选诗歌可以没有统一的气质风格，但都要有吟诵价值，可以行之久远。

四是感情因素。有些诸侯国虽已被灭，如邶、鄘，有些诸侯国虽已岌岌可危，如曹、桧，但他们曾长年坚持维护王室声望，不断巩固与周室姻亲关系，也当予以奖掖鼓励。

五是宗族因素。夏人之后的越，虽然恭于周室且称雄东南；殷人之后的宋，虽然奉行礼乐且文化发达，但毕竟都是异族，歌于朝堂和宗庙的周王室《诗》，不便选其乐调。

六是避让因素。主要表现为鲁国，它符合上述各项条件，且最为优越。鲁国完好保存周室文物典籍，素有"礼乐之邦"之称，被时人感叹为"周礼尽在鲁矣"，于是孔子编纂《诗》，不列鲁风，而列《鲁颂》，看似避让，实站高位。

《陈风》十首列入十五《国风》，虽然总体风格气质不如《周南》《召南》《魏风》《秦风》那样鲜明统一，有些篇章因神秘而被曲解，被诟病，但揭开历史尤其是汉儒强加于其上的蒙布，还原诗歌本色，《陈风》各篇亦是符合"诗言志"，符合礼之用，可以"兴观群怨"的。

而陈国568年立国史上，始终忠诚于周室，恪守礼乐之制，虽非周室宗族，但长年与之有通亲之好。可谓政治上可靠，文化上正宗，感情上亲近。尤其陈国诗歌，意境幽远，风格多样，很符合《诗》的选编标准。

孔子周游，曾居陈四年，于陈国的风土人情，深有体悟。主持"删诗"，也会对陈地诗篇别有关注。

《陈风》为《诗经》列编，可谓是地域文化的优势胜出。

4. 如今再论《陈风》

十多年前，中华书局出版了我的《诗经陈风》，线装竖排，宣纸印刷，很是精美。严格来讲，这本书不是深入研究的成果，而是聊天聊出来的。

我与当代书法大家、学问大家欧阳中石先生相识多年，偶去拜访，总是闭门长谈，围绕历史文化主题，漫无边际，亦庄亦谐。先生博学多识,微言大义,我每每于其间受益良多。

一次茶香氤氲间,我聊起汉儒注经的动机和习气,以及由此形成的甚至对文化传承与民族性格的影响,中间的例举,尤以《陈风》说得较细。先生起身从书柜中寻出一册《诗经》,边听边翻阅思考,嘱咐我要不薄古人,兼收并蓄,静观自得,独出己意,并真切地提出"你注释评析,我书写,咱们合作一次"。

我深知先生是以此举奖掖后学,也是促我有所思有所行。此后月余时间,每天晚饭后我便埋首书斋,注释翻译评析,将《陈风》十首梳理一番,聊备一书之格,承蒙中华书局青眼,得以面世。

这次考虑出版周口文化典籍丛书,以更好地推动一方读书之尚,提升民众对历史文化的了解,我原想散论《道德经》或注评《后汉纪》,但时间确实不济,只好偷懒,拿已经有了基础的《陈风》说事儿。

可回过头来再翻十多年前的《诗经·陈风》,才意识到当年的荒疏,观点、逻辑、文字等,处处显得急就章。有些是囿于线装书形式,展不开;有些是思考不深入,失之薄。总之,基础是不扎实的。

偷懒不成,只能老老实实去耕耘,再论《陈风》,以求较之十多年前的自己,能有说得过去的提高。

5. 采用散论写法

《诗经》流传两千五百余年,屡经编删、传抄、解读,题旨诗义,歧见迭出,章节字句,错讹难免。加之时代变迁,诗歌最重要的自身语感,很多已难以准确捕捉领悟。而《国风》于其间尤甚,《陈风》于《国风》间尤甚。所以,阐释评析《陈风》诸篇,在题旨和句意上,都会见仁见智。

《诗经》中涉及的西周、春秋时代历史事件、礼仪制度、价值观念，乃至建筑、器物、鸟虫、花木等，有些需要深入解析、纵横比较，有些需要由形及神、由古到今。下笔分析评论，若过于注重文章章法，势必展不开、推不动、切不准、说不透，也容易引发笔讼。

与其费力不讨好地正襟危坐着论述，不如放松自己去散论。围绕着一个中心，可拿可放，可深可浅，可纵可横；可随处释放观点，可有机展开逻辑，可适情赋以文采。

有些可作史论来读，如《宛丘》篇、《墓门》篇散论；有些可作文论来读，如《东门之杨》篇、《月出》篇、《泽陂》篇散论；有些可作思想史来读，如《衡门》篇散论；有些可作"正骨"论来读，如《株林》篇散论。

以散论写法，也让自己扬长避短。

我读书多在早年，加之记忆力一般，要随手拈来例据已觉吃力，好在融会贯通了一些文史哲杂项，可随时拾遗补缺；没有时间，也不擅长借助现代工具查阅资料，不能及时关注到当代学人的真知灼见，好在长于思考，习惯于在现象中寻找规律，形成自己的观点；训诂考据的基本功不够扎实，每于冷僻处苟且，好在注重深体细悟，习惯从语感中找真实，而不盲从前人之论。

这样的散论之下，显得自己处处得势，站在了上风。

这样的散论之下，也让浸润着诗意的"陈风"，弥漫了更多的历史云烟，渗透了更多的思想负离子。

6. 诗译的原味与跳出

很多《诗经》注本，都有诗译这种形式。虽然严格来讲，诗是不能翻译的。但若不译，《诗经》实在难懂；若作散文白话译，又觉索然无味。以诗译《诗》，方显情绪与节奏。

但以往《诗经》译本的共同之处，就是刻意突出民歌化、口语化，以显质朴生动，以显《诗经·国风》的民歌属性，且处处紧贴原作诗句，亦步亦趋，不敢疏朗一步。好像一典雅，便失了本色，一外溢，便属于外行。

殊不知，《国风》虽然来自各地民间，但创作者未必就是普通民众，往往是卿士为诗，百姓歌之。不像我们现代人，山民编唱山歌，渔民编唱渔歌，船夫累乏了，为提振气力而大声喊出号子。

而这些已有相当文采的风诗，又被层层筛选，择其优者，献于周室。能被送中，已是诗中龙凤。而到了如孔子那样的大儒手中，删改加工，润色提升，更是让"诗三百"达到了那个时代的殿堂级水平。综合考量，应该按照艾青、郭小川、贺敬之在这个时代的艺术风貌，来观照把握彼时之"诗三百"。

这样看来，诗译《诗经》一味民歌化是不合适的。过于突出民歌化、口语化，客观上已经让今天很多青年读者疏远《诗经》，甚至轻视《诗经》的文化地位。

于是，我的诗译在尽量保持诗作原味的基础上，结合新诗的意境、节奏和修辞特点，跳出常见套路，跳出句式束缚，尽可能典雅一些，含蓄一些，曲微一些，以争取青年读者能够读得进去。

无论何种形式的译，根本的原则是遵循其所本，真实完整地体现原意，绝不是另起炉灶重新创作。所以，围绕原味与跳出，诗译部分也是耗费心思较多的。

读中学时，曾写过一些新、旧体诗，如今已是多年不抒情了。如此这般诗译，实有老夫聊发少年狂之嫌。

7. 附篇意在比读

《陈风》十首诗的后面，选了《小雅·节南山》《小雅·巧言》《周颂·有瞽》三首诗作为附篇，以供比较阅读，多理解一些内容。

从诗体上来看，《陈风》十首，虽各有面目，但总是风诗实质。我们都知道《诗经》有风雅颂，也都或多或少了解为什么这样分，各有什么特点。但在一本论及《诗经》的书中，无论从什么角度切入，无论专注于哪个方面，无论取什么书名，对于普通读者来讲，都是谈《诗经》的书。

以这本《〈陈风〉散论》为例，作为作者，我知道本书是从地域文化的角度在论，是从《陈风》切入谈了《国风》。而对于大多数读者而言，虽然也明白这个道理，但若不是专业人员或久有涉猎者，总会在潜意识里认为，《诗经》大概都是这般，以至形成认识上的偏差。

所以，为了避免一般认识上的以偏概全，我又在雅和颂诸多诗篇中，选了这特色鲜明、有代表性的三首作为附篇。《节南山》《巧言》合乎"言天下之事，形四方之风，谓之雅。雅者，正也，言王政之所由废兴也"的概念，能体现出强烈的忧患意识和参与意识。《有瞽》合乎"颂者，美盛德之形容，以其成功告于神明者也"的定义，能体现出天子祭祀的诸般。

从诗歌内容上来看，风雅颂之间并没有截然的区分，很多内容可以共同关注、共同表现，只是角度不同，表达手法不同。

《陈风·墓门》与《小雅·节南山》，虽然明暗手法有别，但责叱权奸的主题相同；

《陈风·防有雀巢》与《小雅·巧言》，虽然忧愤情绪有别，但忧谗防间的主题相同；

《陈风·宛丘》《陈风·东门之枌》《陈风·株林》与《周颂·有瞽》，虽然有细节与宏观、间接与直接、民间与王室等区别，但都是在表现祭祀活动。相互比照阅读，深品诗间余味，佐以史料记载，可以让我们更多地关注研究古人祭祀。

为了让读者更好地读原汁原味的诗，不拘于字辞间的音义之辨，附篇没有再进行简注和诗译，只在散论中简要介绍诗意。

8. 推翻在于其本就站不稳

对于《陈风》中的有些篇章，我按照自己的理解，做出了不同于前人的解读，目的是最大限度地贴近诗歌本意，力图还原。比如《东门之杨》《防有鹊巢》《月出》《泽陂》等篇和三首附篇的散论文字，我都比较多地谈了自己的观点。

而对于古今注诗家认识一致的《株林》，我则从根本上推翻了其题意解读和以史证诗的阐释。不是要刻意疑古，更不是想自立门派，而是古今间所谓一致的认识，稍加推敲，就显得漏洞百出。这中间的是非曲直，在《株林》篇散论中，已逐一予以说明。

所以，有些观点看似立得久、和者众，却未必牢靠。只是软肋暴露时间长了，无人去击，自己也把它忘记了。

推翻，还是在于其自身本就站得不稳。

9. 学者的书法

《陈风》当年，是文字和曲调的结合。今天成书，曲调是早已没有了，想寻求文字与另一种旋律的结合，自然首选书法。

王学岭先生是当代书坛名家、历史文化学者。近些年，他深研古体诗词和书法理论，建树颇多，其书法作品学养深厚，古穆奇迈。请他来书写《陈风》十首，与拙论一并付梓，以别有韵致的学者书法，来抑扬顿挫春秋古风，不失为一件关乎风雅的清爽事。

近期，学岭先生正受中国书法家协会委托，为北大方正字库书写字模。这是一项书法艺术广泛引领社会文化认知的工程，是一个时代的文化担当。学岭先生在俯身大国文化重器之余，又精心书写了这十首诗寄来。学人襟怀，山高水长；朋友之谊，清风朗月。

2022年7月2日

［为拙著《〈陈风〉散论》（河南人民出版社2023年6月出版）所撰自序。］

诚明不易

——读书和思考很重要

有文化，对于一个人或一个地方来讲，都是件很荣耀的事。所以很多人介绍自己家乡时，总会强调"历史悠久，文化灿烂"，还会很动情地说上一二，一方面是在强调家世的不凡，一方面也是暗示自己人文禀赋的独具。

对于这样的话，你是不便质疑的，就像听到邻居讲，"我家孩子很聪明"不便反驳一样。

但对任何事物的评判，是要有标准的，除了感情因素、动机因素之外，还要有客观现象或现实作为依据。

以一个地方的"历史悠久，文化灿烂"来分析。

历史悠久的判断，未必是出自唯物史观。史书记载、神话传说、考古发现，都可以印证历史，重在科学、系统地研究出结论，不是肆意发挥。

历史悠久，未必就文化灿烂。东非大峡谷中，200万年前就有人类活动。

文化曾经灿烂，未必今天依然灿烂。楼兰古国的舞乐，早已湮没于黄沙。

我们所理解的灿烂，未必是真正的灿烂。仅仅是会写文章、会作诗、会演戏唱歌、会写字绘画等，与会推拿按摩、会星秤一样，只是掌握了一门技艺，未见得就有文化了，更不是文化的灿烂。

文化的实质，是以文化人，是由社会效果显现的，而不是考量文化形式的技术含量。

对于文化的误读，对于地域文化的妄自菲薄或妄自尊大，是一种常见而顽固的现象，是文化认知能力不足的必然结果。

评判一个人是否有文化，需要把握三个核心要素：思考问题的深刻性、系统性，即能力标准；做人做事的原则性，即道德标准；处世的格局与方式，即表现形式。

评判一个地方是否有文化，是这三条个体标准的群体化应用。千年相沿，影响带动，形成民风。

也可以量化对比一些现象，比如历史文化资源中某地域科举考试中进士的数量，比如时代文化气息中某地域人均购书量和图书借阅量。这一个历史数字和一个现实数字，以今天的地市级行政区划来比较，如果都没能进入全国的前100位，就要在崇文重教方面加压奋进了。

也可以观察考量一些群体社会的表现，比如对于名利的态度和追求方式，比如人际交流中能否自然而准确地表述。如果在名利面前都可以弹性处理道义和手段，如果正常的说话要么词不达意要么轻浮卖弄，就要在民风淳正方面强化引领了。

还可以客观分析这个地方对于历史文化资源传承弘扬的着眼点和着力点，即以什么理念和什么方式来做。

不去研究老子、孔子的思想和生平，而只专注于附会渲染他们出生时的天有异象；不去探讨孔庙、太昊陵的历史沿革、礼制内涵、建筑格局，而是津津乐道于怎么跳龙门、怎么摸子孙窑生儿子；不去领悟楚辞、理学的文化意蕴，而去无谓地争夺屈子投江、程门立雪的发生地；不准确把握历史名人资源的界定标准，而一味自作多情地生拉硬拽、认亲攀附；不深入全面地研读文化典籍，而是听说了几个名词术语就敢写文章谈观点，误认为能遛滑板就能开飞机；不科学地研判文化资源价值，明确地域文化定位，而是敢把梦话当学术宣言，动辄自称"宇宙原点"；不是输了赛道之后，反省自己体质、技能或装备上的不足，而是到处喧嚷"我祖上会飞"。

这些现象不是个别的，不是一时的，是大面积长期存在的。

为什么要这样？就是因为这样做成本低，不需要下苦功夫，不需要钙铁硒、精气神、勤奋和天赋的支撑，只在村头听听老奶奶是怎么哄孙子的，在酒桌上借鉴些别人的豪言壮语，再掺些自己常用的聪明，就可以跳出来鸣锣起舞了。

这样做的直接后果，是把科学的变虚幻了，把真实的变模糊了，把厚重的变轻薄了，把人格塑造变成生活调味了。一场弘扬历史文化的恢宏大剧，变成了戏谑小品。

把这些现象都观察分析一番，再来衡量一个地方是否有文化，是否有健康正确的文化观，相信有些自我文化定位很高的地方，也会有一定程度的失落。

一个地域内，文化的阶段性、类别性缺失，是由多种原因造成的，就像人体质不佳，有的是先天不足，有的是大病之后元气没能恢复，有的是长期不良习惯致使免疫力弱，等等。这本身不可怕，辨证施治就行了。要注意的是，不能误把病态作强健，再以不健康的方式试图去勉力维护这虚幻的强健。

失落之下，不是沉沦颓废，不是自欺自诩，而是要冷静下来，分清楚病态与健康，查明白遗传或病理，以对时代负责的态度，对子孙负责的态度，努力去弥补缺失。

前人给我们留下的东西，科学地传承好；前人留得少的东西，在我们手中变多；前人没有留下的东西，我们努力给子孙创造。

要促进文化的发展与繁荣，不能靠空谈，是需要付出的。要下笨功夫，去研究，去实践，持续发力引导，以一代人甚至几代人的付出，不断优化一个地方的文化基因。

最基本的方式，是读书与思考，有质量的读书与思考。

读书的目的，不完全是获取知识，不单单是做些学问。读书最根本的目的，是让人有思想、有灵魂，有至诚之德和洞明之智，是要塑造健全人格。

所以，要多读有用之书，想明白做人做事的道理，外化于言行。一人如此，千万人如此，当下这样，世世代代这样，努力实现我们这个时代新的文化灿烂。

周口，有着悠久的历史，有着丰富的文化资源，是中华道德文明起源传承的核心区。相传伏羲氏在这里演八卦，探索自然规律，追求天人合一，开启人类文明的大道之源；老子在这里研道悟道，辨明道德关系，引领尊道贵德，道德理念厚植于这方土地。

同是在这块土地上，先贤留下了无数典籍，是民族文化的瑰宝。我们从中选择十个方面的内容，邀请若干学界有影响、学术有专长、地域有关联的学者，共同编纂"周口历史文化典籍丛书"，在继承前人的同时，形成我们这个时代自己的文化成就，供大家阅读，引发思考，为"道德名城 魅力周口"这一文化标识增添亮度。

以后，我们还会不断努力。希望有更多人参与支持。

2022年10月11日

［为"周口历史文化典籍丛书"（河南人民出版社2023年6月出版）所撰总序。］

读书的根本目的
是让人有思想有
灵魂有至诚之德
和洞明之智

节录《诚明不易》 毛国典书

谁知伪言巧似簧

——历史虚无主义辨识

历史虚无主义这一概念,源自拉丁语中的"虚无主义",形成于19世纪与20世纪之交的欧洲,其核心要义是:

承认历史进程的现象,否认历史发展规律;孤立地分析历史进程的阶段性,否认其发展的整体性与连续性;片面地扩大历史进程中支流与枝节的影响,无视或遮蔽主流与主干的作用;一味地强调地理、气候等环境性因素影响,忽略人对于历史发展的推动作用。

可见,历史虚无主义的实质是历史唯心主义。

历史虚无主义在其形成和发展的初期,仅限于学术概念,后又蔓延为一种文化情绪,虽然狭隘和荒谬,但并没有产生很大的社会危害。

随着思想文化领域冲突的日益复杂尖锐,历史虚无主义演变为一种方法论,其攻击与维护的隐蔽性与欺骗性,被很多组织和个人有意无意地拿来使用,以实现自己的目的。

历史虚无主义的危害,不仅仅是对历史的扭曲,更重要的是对价值的异化。

20世纪50年代,面对苏联、中国、东欧等国家社会主义事业的蓬勃发展,面对在朝鲜战场正面军事对抗的全面被动,美国的"热战"图谋不得不向"冷战"思维转换。时任美国国务卿杜勒斯抛出了臭名昭著的"和平演变"理论，提出要穷尽一切手段，造谣污蔑，偷换概念，寻找代言，输出价值，否定和颠覆对手国家的文明史、共产党的发展史、社会主义建设史等，从根本上动摇这些国家年轻一代的荣辱观、价值观、是非观，使他们从内心对自己的国家、自己的政府、自己的文化和道德丧失认同。

于是，历史虚无主义成了以美国为首的西方国家针对他们所谓的敌对国家培植势力、制造混乱、颠覆政权的惯用伎俩，一直延续至今。

新中国成立后相当长一段时间内，全党和全国人民的意志高度统一，全社会价值认同高度统一，我们在意识形态领域的建设卓有成效，有力抵制了各类不良思潮的侵袭。

到了20世纪70年代后期至80年代，在我国政治和思想领域开展拨乱反正、经济社会实行改革开放和以经济建设为中心的背景下，历史虚无主义作为自由化思潮的一股浊流涌现出来。一些人在文化艺术领域以"反思"为名，贬低、否定中国历史文化，嘲笑"长城精神""黄河文明"是"愚昧落后的精神包袱"，鼓吹全盘西化，企图以西方文化和价值观念取代中国历史文化和价值观念。

到了20世纪90年代初期，由于苏联解体、东欧剧变等，国际社会主义运动遇到重大挫折，国内政治形势也面临着诸多挑战。一些所谓新理论、新思潮，披着各种华丽的外衣在寻找舞台。在政治上主张多党制，经济上主张全面私有化，文化上主张"洋为中用"，价值观上提出"价值重构"，历史观上提出"利益推进论"。各种奇谈怪论，纷纷不加伪装地叫嚣出来。

20世纪后期至21世纪初期，社会上出现了一种影响较大的"告别革命"的论调,大肆渲染"革命破坏论",主张清算"革命谱系",诋毁一切暴力革命和武装斗争,提出要重新认识和评价中国近现代史。

一时间,在历史观与价值观领域,正义的与反动的,积极的与消极的,阳光的与阴暗的,竞相出场。恰应了千余年前白居易的慨叹:"但见丹诚赤如血,谁知伪言巧似簧。"

党的十八大以来,以习近平同志为核心的党中央领导集体,高度重视意识形态工作,高度重视对中共党史、新中国史、改革开放史、社会主义发展史的总结运用,高度重视对中华文明和中国优秀传统文化的继承弘扬,坚持系统地揭露和批判历史虚无主义,使其彻底暴露在阳光之下。历史虚无主义已呈全线式微之势。

但同时,也要清醒地认识到,历史虚无主义仍然是西方敌对势力手中企图瓦解我们的一张王牌,他们仍然在变着花样地做文章。在我们国内,仍然有历史虚无主义滋生蔓延的土壤。个别别有用心者的蓄意炮制,部分缺乏识别者的无意迎合,一些斗争无方者的束手无策,都将使我们时时面对历史虚无主义泛起的沉渣。

现阶段,历史虚无主义的突出特点和惯用手法主要有:

1. 否定历史发展基本规律,动摇人们对社会主义制度合规性的认识

鸦片战争以来,中国在外侮内困、民族存亡的艰难岁月,先后经历了太平天国运动、洋务运动、义和团运动、戊戌变法、辛亥革命等,其间,资本主义、改良主义、君主立宪、自由主义、无政府主义、民粹主义等各种政治探索与理论思潮纷纷亮相,但都没有解决中国的前途和命运问题。是中国共产党在马克思主义指导下,领导全国人民,经过艰苦卓绝的斗争,付出了巨大的牺牲,才建立起社会主义新中国,探索出符合中国国情的制度体系。

历史虚无主义无视这一历史规律的科学性，先是提出中国发展没有走过完整的资本主义制度阶段，抛出所谓"制度补课论"，企图以偷换概念、臆解规律的方式，否定中国走社会主义道路的历史必然性。其后，又叫嚷"殖民侵略是全球范围内传播现代文明的重要手段"，抛出"殖民救世论"，认为帝国主义侵略有功，中国人民抵抗侵略是"短视"，污蔑中国近代史上一切反帝反侵略的斗争。最后，又沿用其惯有论调，将历史运动视为无规律可循，由无数偶然事件造成，混淆历史发展中的普遍性与特殊性、必然性与偶然性的关系，抛出所谓"利益推进论"，强调人类历史一切行动的逐利性，企图通过否定革命来否定中国共产党的历史，否定中国人民的道路选择。

2. 打着学术的幌子，行政治欺骗之实

历史虚无主义以历史学研究为名，任意地曲解、割裂、篡改甚至伪造史料，以精心挑选的历史细节来歪曲历史，从而达到借否定历史来否定现实的目的。他们常用的手段，就是对历史进行"碎片化"解读，以偏概全，把支流当主流，把局部当整体，以隐藏其"伪史料"的传播。在这个过程中，"大象耳朵"被解读成了"大象"，真实的、完整的"大象"就在历史中消失了。

这里所说的"伪史料"，包括四方面含义：

一是蓄意捏造。比如，前些年有所谓学者撰文，提出全面抗战爆发不久，中共有破坏统一战线行为，并煞有介事地引用了一段中共中央发给前线部队的电文，后很快查实，这段"电文"纯系作者杜撰。再比如，中国香港出版有《墓碑》一书，称我国三年困难时期"饿死数千万人"，书中所列事例和数据充满了伪造和篡改，把正常死亡统计为饿死人数，甚至还荒谬地强调贵州省江口县三年"饿死了近一半人"，而

《江口县志》清晰地记载，该县1959—1961年三年合计死亡5105人，占全县人口的4.6%。这样肆无忌惮地造谣，其貌似有据背后的险恶用心，昭然若揭。

二是道听途说。拿出一些小报消息、私人日记、回忆录、信函等未加证实或有强烈个人好恶的文字，当作真实的历史资料来用。比如，曾有人援引某"五四"时期文人的所谓回忆录，论证鲁迅先生私德有亏，后被专业的鲁迅研究学者一一驳斥，指出其在时间、地点及人物关系上漏洞百出，并深刻揭示了其否定无产阶级文化的险恶用心。

三是以偏概全。史料的价值在于其真实性、系统性、全面性。历史虚无主义往往截取一个阶段、一个局部、一些具体事件，肆意地放大、丑化，制造"带毒"的历史碎片，抓住当代人碎片化阅读的习惯，以长期大量的"带毒"碎片，拼接出成形的政治诉求。比如，武装斗争初期，我党在一些根据地，确实存在极左现象，造成内部肃反扩大化，一些同志被误杀。这是前进中的错误，是主流中的支流。历史虚无主义专门搜集、罗列这种局部的失误，无限夸大，以历史的个别现象来否定历史发展的本质。

四是揣着明白装糊涂。西方哲学界数百年来，拒不承认中国古代有哲学，不承认老子思想的哲学归属。不是他们不了解，是他们内心觉得西方文明应该更高明，而事实上却不是这样，因此集体缄默。再比如，西方有人撰文提出，中国古代没有逻辑学，也没有逻辑概念，社会运转无序。而事实是，"白马非马""田忌赛马""子非鱼""齿亡舌存"之辩等早已实证，逻辑思维及其运用数千年来一直渗透在人们生活之中。他们之所以无视，不是因为无知，而是动机使然。

3. 摆出貌似公允的姿态，挟带价值迷惑的私货

历史虚无主义在整理和运用史料时，常常自我标榜所谓的"价值中立"，摆出不带主观色彩的客观呈现的样子，甚至还会故作姿态地欲右先左，欲抑先扬，将其价值取向隐藏起来。

比如，有些人以鲁迅研究的名义，打着客观公正的旗号，就鲁迅等左翼作家和进步力量与反动文人的论战，不揭示其阶级性，不分析时代背景，别有用心地强调论战的学术属性，无视鲁迅先生虽四面树敌，却"没有一个私敌"这一史实，把反动文人对鲁迅先生的围攻解释成是鲁迅先生"偏激""缺乏包容"触犯了众怒等等，企图动摇鲁迅先生的"文化新军最伟大和最英勇的旗手"这一地位和"文化战线上""民族英雄"的历史定位，进而消解无产阶级文化的历史价值与时代价值。

郁达夫在《怀鲁迅》一文中讲道："没有伟大的人物出现的民族，是世界上最可怜的生物之群；有了伟大的人物，而不知拥护、爱戴、崇仰的国家，是没有希望的奴隶之邦。"鲁迅先生是我们文化与社会发展史上的一位英雄，他和屈原、司马迁、岳飞、戚继光、邱少云、雷锋等一样，不仅是某一时期某一领域的杰出人物，更是我们民族共同的价值标杆。以貌似"公允"的姿态，污蔑贬损我们的英雄，就是要造成价值迷惑，让我们集体失去人格方向。

这种"翻案"的手法，也常用在已形成历史定论的反面人物身上。比如，有人撰写文章，对秦桧做了"不带有感情色彩"的叙述，提出他杀害岳飞是为了主张和平，"尽管秦桧被许多史学家控告是卖国贼，但没有确凿的证据证明他曾经主动与金国勾结"。以永远不可能实现的"确凿的证据证明"，来否定历史的客观性，随心所欲地"翻案"，围绕

设定的价值取向来臧否人物，是历史虚无主义抹黑英雄，推树奸佞，扰乱价值判断的惯用手段。

4. 以现实的价值标准去衡量历史事件，以实现抹杀或否定之目的

历史事件的发生，是基于一定历史条件下的，其价值和影响，是非与功过，都不能脱离历史条件来分析评判。

历史与现实之间，具有不可割裂的连续性。一切现实的东西，包括有形的存在，如政治形态、经济形态、文化形态等，和无形的存在，如价值取向、是非判断等，都是历史选择与推进的结果。

比如，对于轰轰烈烈的太平天国运动，历史虚无主义不客观分析当时社会环境的复杂性，和无可回避的历史局限与阶级局限，以当下的价值标准来衡量，大肆渲染太平天国运动的"破坏性"，渲染太平天国领导集团的"神权迷信"与"内争"，无端指责太平天国运动抵抗帝国主义外来侵略是"阻碍了资本主义在江浙地区难得的发展"。对其坚定的反封建反侵略性质视而不见，对其提出的"有田同耕，有饭同食，有衣同穿，有钱同使"的口号、施行的《天朝田亩制度》等的积极意义避而不谈。这与他们评价并否定义和团运动的路数如出一辙。

对于太平天国运动，孙中山先生有着冷静的观察和深刻的思考，他认为，"五十年前太平天国即纯为民族革命的代表"，"无识者，特唱种种谬说，是朱（元璋）非洪（秀全），是盖依成败论豪杰也"。

辛亥革命及其后一段时期的革命党人，大都推崇太平天国争取民族解放的勇气与成就，这也成为此后七十余年史学观点的主流。

历史虚无主义对于太平天国运动、义和团运动、辛亥革命等的诋毁，是系统而持续的，其用意中最为突出的两点，就是试图说明：中国近代史上的革命都是阻碍历史进步的，中国反对外来侵略的民众运动都

是荒谬的。其影射的意图和代言人的特点，显而易见。

5. 集中攻击党的领袖，以图否定一个政党和制度

一个政党的领袖，首先具有鲜明的阶级性和政治性，在意识形态上有着强大的号召力和认同感，往往成为一个政党路线和组织制度的化身。

政党领袖在社会实践的探索中，也会出现失误，甚至是影响较大的失误，这本是正常的历史和社会现象。客观地给予评价，肯定主流的价值，汲取失误的教训，使领袖形象更加丰满，政党更加成熟，制度更加完善，是应有的唯物主义态度。但历史虚无主义却常常借机生事，抓住一点，无限夸大，兼及其他，进而混淆是非。

在苏联，历史虚无主义思潮首先是否定斯大林，而后是否定列宁，否定苏共的一系列人物和政策，进而否定苏联共产党的整个历史。当戈尔巴乔夫宣布解散苏联共产党时，拥有近两千万党员的苏共竟无人站出来捍卫党的生命。两千万人齐解甲，竟无一人是男儿。

在中国，历史虚无主义也是运用同一模式，集中力量，极尽造谣污蔑之能事，攻击中国共产党的领袖毛泽东同志。所采用的手段，一是凭空捏造，谣言惑众；二是片面歪曲，臆解历史；三是把探索中的不同认识说成是个人之争；四是把工作上的失误说成是个人品质问题；等等。目的就是通过否定毛泽东同志这一世界公认的政党领袖，来否定中国新民主主义革命和社会主义革命的科学性、正义性。

6. 以所谓艺术再现，混淆历史真实

历史这一概念，大致有三种表现形式：

一是"历史本体"，即曾经的历史过程与存在，具有客观性；二是"被叙述的历史"，即努力还原曾经的过程与存在，如史书典籍、文献资

料等；三是"被表现的历史"，即以不同的手法，主要是文学艺术手法来反映历史，同时不可避免地掺入了"表现者"的好恶和价值判断。

历史虚无主义非常热衷于以文学艺术来表现历史，惯用的手法是"戏说""影射""割裂"等。

比如，屈原忧国忧民而自投汨罗江，被"创作"成了酒后嬉游失足落水；郑成功驱逐荷兰殖民者，收复台湾，并抗清自据，被用来"暗喻"分裂的历史合理性；中国古代科举制度以其严谨的设计实施，在千余年的人才选拔、文化传承等方面发挥了重要作用，并为欧美文官制度所仿效，却被片面地批评为"禁锢思想"，被"妖魔化"；等等。

对于历史虚无主义在文艺上的表现，习近平总书记高度重视，他深刻批判了有些作品中调侃崇高、扭曲经典、颠覆历史、丑化人民群众和英雄人物等的历史虚无主义现象，殷切期望文艺工作者通过作品引导人民树立正确的历史观、民族观、国家观、文化观。他强调说："历史给了文学家、艺术家无穷的滋养和无限的想象空间，但文学家、艺术家不能用无端的想象去描写历史，更不能使历史虚无化。文学家、艺术家不可能完全还原历史的真实，但有责任告诉人们真实的历史，告诉人们历史中最有价值的东西。"这番话为文艺工作者表现历史指明了方向，也斩断了历史虚无主义的"艺术"路径。

7. 看似偶然、随意提及，实则是长期系统的谋划

历史虚无主义是冷战思维下西方敌对势力诋毁攻击我们的常用手段。他们有组织、有目的、有阵地、有队伍，长期系统地策划实施，设计话题，调整角度，瞄准对象，在经济文化交流中，在正常民间往来中，加强渗透。

比如，前些年我们一些行业部门组织干部到美国去参加培训，美国

某大学培训机构负责人和授课人员，总是有意无意地讲述"美国把庚子赔款返还中国办教育""在抗日战争期间支援中国武器"等，强调"美国在历史上处处施恩于中国"，"美国是个负责任的大国"。当我们有同志站出来，历史地分析"庚子赔款"的性质和美国部分返还的真相，客观评价美国在中国抗战全面爆发后仍大肆向日本出售军用物资发战争财，后为牵制太平洋战场而支援中国的事实，指出其一切都是为了自身利益后，美方人员又狡辩"只是偶然提及""不熟悉这段历史"。后经了解，这家高校培训机构每期都对中方人员讲上述内容，其他高校培训机构对中方人员授课，也多有相似话题。

可见，看似正常的交往、看似随机的话题，背后都是处心积虑的设计。如果缺乏警惕性、缺乏揭露的能力，很容易就会落入预设的陷阱，成为"伪史料"的奴隶。

历史虚无主义的本质是历史唯心主义。它无视历史发展的基本规律和基本事实，通过诬其史、篡其史、去其史，掩盖历史的真相，动摇已有的价值体系，弄乱人们的思想。

历史虚无主义的表现花样百出，但万变不离其"伪"的本质，一切围绕其两大核心目的，一是质疑中华文明，二是否定中国的道路与制度选择。

历史虚无主义的队伍结构十分复杂，有暗中磨刀不止的西方敌对势力，有为了个人私利发泄私愤者，有唯恐别人看不到自己的轻狂猎奇者，有不辨是非的跟风吆喝者，等等。

历史虚无主义像意识形态领域多种不良思潮一样，会长期存在，与历史的发展、社会的进步和先进势力的成长相伴共生，并在不同阶段有不同的面目表现。

所以，想有效辨识并战胜历史虚无主义，就必须牢固树立科学的观点，客观全面地看待事物。

表现在历史观上，就是承认并尊重历史发展规律，承认并尊重人民群众创造并推动历史发展的主人翁地位，把握历史的主流，认识"历史中最有价值的东西"；表现在社会实践上，就是守正创新，去伪存真，既有必胜的信心，又有制胜的能力；表现在价值选择上，就是不忘初心、牢记使命，坚定信仰，坚定"四个自信"，探索并坚持正确的路径。

2021年4月26日

宿墨新润

全球华人公祭太昊伏羲始祖文

惟岁次丙戌，节序重阳，长空澄澈，惠风和畅。海宇中华儿女，秉缅功追德之虔敬，谨以太牢雅乐之仪，致祭于人文始祖太昊伏羲之陵。文曰：

江河浩浩，华夏煌煌。溯维开元，肇自羲皇。启法象于混沌，辨阴阳于洪荒。仰观俯察，穷宇宙经纬；开天立极，展文明曙光。兴婚姻嫁娶之礼仪，发渔猎畜牧之滥觞。开姓氏之先河，定都邑于淮阳。以龙纪官，诸族呈祥。迭续六千春秋，星月灿烂；繁衍十亿苗裔，山川辉煌。血脉所系，劫毁不移；万姓同根，皓首回望。

中华古国，地久天长。一代伟人，基业开创。改革开放，民富国强。三个代表，举旗定向。科学发展，再谱新章。政治清明，国运永昌。社会和谐，祥瑞安康。经济腾飞，百业兴旺。文化繁荣，万花竞放。华夏民族，雄立东方。龙的传人，励志图强。海峡两岸，骨肉情长。祖国统一，人神共襄。伟大复兴，在即在望。

羲陵巍巍，蔡水泱泱。宛丘古风，韵并笙簧；羲皇故都，瑞霭呈祥。千秋之明德惟馨，旷代之隆仪备张。今日公祭，告吾羲皇。肴馔既陈，伏维尚飨。

2006年9月20日

（本文为第二届中华姓氏文化节公祭太昊伏羲始祖文，曾呈穆仁先先生审正，特说明并致谢。）

丙戌年全球华人公祭人文始祖大典　岳献甫摄

苏子读书台重修记

苏子读书台，因苏轼、苏辙文采风流而名也。

宋神宗熙宁年间，苏辙谪任陈州州学教授。其后，苏轼三度过陈，盘桓多日。二苏倾慕陈环城湖长堤万树，浮荷十里，于湖西北隅柳湖筑读书台，建亭造舫，广植竹木，潜心修读，著文赋诗，纵论天下。其人者贤，其文者质，其台者显。后人亦称读书台为"子由亭"，或谓柳湖为"苏湖"，历代加以修葺，遂成淮阳一大胜迹。

然数百年后，战乱频仍，斯文日颓，读书台风华不再，终至荡然无存。每临湖空望，令人徒生世事沧桑之慨叹。

丙子春，淮阳百万父老立愚公精卫之志，齐心协力，开发城湖，实为千秋功业之举。

淮阳中学，百年中州名校也。莘莘学子，脉承苏子遗韵，于重建读书台，情怀殷殷。原教师张君万功，思接千载，臂招八方，义促此事。淮中学子，献仁献智，捐款捐物，鼎力为之，共募义款十万元。

广纳言，慎规划，巧构筑，终成气象。萍天苇地间，再现亭台；落霞孤鹜处，又闻书声。

斯诚苏子之幸，古陈之幸，亦为斯文教化之幸也。

1996年6月

苏子读书台　岳献甫摄

伏羲碑林记

以文化现象与文明传承之旨，观照太昊伏羲氏，追缅功德，知古今之序，共仰图腾，兴玄黄之思，而不拘于检考，亦当则并唯物史观。

羲皇故都淮阳，地古文厚，民殷风淳，拥谷畜之利，握黄淮之枢，无峰壑之险而极原野之阔，绝江河之波而具平湖之幽，华夏文明发祥地之一也。千百年来，文脉绵延不息，风华代有谱继。

海宇中华儿女，值此国运兴昌，民族团结，社会和谐，文化繁荣之日，溯源思远，莫不感念伏羲人文功业，追寻宛丘故地，凝目羲皇故都，其意绵绵，其情切切。

自20世纪80年代初，淮阳贤达袁占琴、张云生、何仰羲、李钟晨诸君首倡，拟创立伏羲碑林，聚当世政、史、文各界名宿，辞赋抒怀，翰墨铸情，独造古陈人文风景。

之后春秋相叠，碑林筹建委员会同人，以移山填海之毅力，凭孜孜笃厚之诚朴，扬超迈俊达之风骨，克服条件简陋、经济窘迫、年事渐高等诸多不便，南下沪宁，北上京津，多方奔波，广为搜求。束函所至，莫不欣然应命；挥手之处，皆有佳作相呈。珠莹玉璨，凡三百余幅矣，蔚为当今书坛精英精品之大观。而矢志其间诸叟，已先后多人竟作仙凡之别。经年一梦，风辰霜月何觉何知？

淮阳百万民众，于伏羲碑林关注有加，殷切期盼；县委县政府秉文化兴县之方略，稽古开今，情牵义接，善莫大焉。

夫碑者，山之骨、史之脉、文之气相融之物也；夫碑林者，盛事之迹、盛世之象也。

衔蔡水，倚羲陵，寓八卦，合五行，伏羲碑林审规慎划，精构巧筑，煌然而立矣。

羲皇巍巍，山岳为碑，羲陵巍巍，碑林作歌。后人来此读碑，感念羲皇之余，亦当追忆斯世碑林兴建之德。

丙戌秋日，王少青沐手为记。

2006年10月

伏羲碑林一角　岳献甫摄

何仰羲双馨碑记

公讳明钦，字仰羲，号砚农、柳湖钓叟，河南淮阳人，生于一九二二年夏历三月十九日，卒于一九九六年夏历八月初三日。历任河南省政协委员、省文史研究馆馆员、周口地区书法家协会主席等职。

公诞育儒门，宝钟秀质，秉诗书庭训，延翰墨家风。早岁临池，耽于书艺，远溯二王，中取鲁公、怀素，近摹王铎、郑燮、何绍基，博采众长，兼备四体，少时即获陈州秀笔之誉。及长，笔力劲健，面目独开，诸体中尤以草书与板桥体称著，结体透迤有致，用笔冲融奇肆，风神超迈，骨力俊达。尝作《长征》诗草书四幅屏，寄呈毛泽东主席，与当代诸大师笔墨为其并而藏之。

公于书法艺术，精研厚积，功在弘扬；于书坛新人，鼎力扶持，奖掖有加；于墨林同道，青眼相向，虚怀若谷。公雁阵首鸣，春泥护花，遂成豫东书派之蔚然气象。

公至暮年，致力于筹建伏羲碑林，以书案之躯，行江河之远，凭其声望，获珠赢瑰。碑林将立，而公竟去，令人抚石浩叹不已。

公刚正不阿，安贫乐道，不慕名利，不求闻达，与人宽厚博弘，处世温恭明允，神驰闲云野鹤，身同不系之舟，一生历尽坎坷，而爱党爱国之心不泯，有松柏节操，云水襟怀，于荡荡红尘间独具人格魅力。

公之去也日久，余等之思也日深。适公之子女欲铭石慰愿，故交挚友心有戚戚，相议立此双馨碑，以旷原厚土载其德操，以嘉禾清蔬慰我心怀。

铭曰：长风浩浩，云天苍苍，何公精神，山立松扬。风节高远，品范仪庄，德艺双馨，桑梓永望。

1999年5月

钟晨先生墓碑记

公讳钟晨,号慕白、携李,河南沈丘人,方正雅逸之士也。

自一九四八年春投身革命,坎坷历历而矢志不移,板荡重重而诚毅日坚。一生勤于学习,勇于实践,善于思考,心底磊落无私,操行光风霁月,于信仰持若叠岩华岳,于工作勉如春蚕红炬,于同志诚比秋月朔箦,无论环境优劣,无论身世浮沉,得失无妄,甘苦自持,奉守大道,一以贯之,信为世间竹隐者也。

公自中年后,诸疾缠身而离开工作岗位,然仍抱羸弱之躯,为全区、全县公益文化事业而奔忙,团结带动大批文化艺术界人士,御古风,耽雅仪,开新化,陈楚故郡,兼葭日苍,豫东旷原,风雅时弥。

公久习翰墨,经年临池,于二王、赵松雪、于右任尤多偏好,所作行草书,内蕴丰厚,意态萧散,出古化典,气息夺人,为豫东书派之中坚也。

公亦饮中君子,常与二三知己,并邀和风朗月对酌,意绪阑珊间,谈书论文,妙语迭出,不随时趣,大有古风,亦为红尘一景。

公鹤逝三载,余等每每念及,犹觉音容在侧,清咳有声。今聊备薄仪，再祭公灵。其铭曰：旷野寂寂，云天悠悠；仙凡两度，笙箫三秋；李公德操，江河同流。

2004年2月

后　记

最初写文字，都是迫于压力的。或是对什么问题有了思考、有了看法，不吐不快，形成内在压力；或是受嘱于人，欠了文债，屡遭催偿，形成外在压力。

但文字写出来后，对己对人有了交代，一身轻松，也就不觉珍惜，闲掷闲抛。像个邋遢的老农，辛勤了一季，把收割的麦子往家运时，却一路撒落而不经意。好在我们豫东地区每个老农民心中，都久揣一个粮满囤、谷满仓的梦想，希望在自家房子里，围一个有模有样的大粮囤，自己看着得意，也可以向邻里或子孙炫耀。

我也有着浓厚的老农"粮囤"情结，想把一路撒落的文字收拾起来，汇结一部集子出版，以显示"种田"的辛苦与有方。

但这多年来撒落的"粮食"历时太久、品种太多、地块太广，回头收拾就有了"抢救性发掘"的味道，四处搜寻，反复筛选，不断压缩。在主题上，明确为历史文化；在文体上，以论与述相结合的随笔为主；在范围上，立足豫东地区，突出地域特色。

集子中的这些文字，大致分作了四个篇章。

"忘机会古"篇，是我自2013年底以来，相继在《中国文物报》以

"文博随笔"专栏形式刊发的16篇文字。手稿中每篇还有一个副标题：豫东历史文化点线面之××，发表时删去了。这些文字以豫东历史上的一人一物一事为着笔点，不带任何框框地与古人交流，保持了以壁上观的姿态回望历史的优越感，也就是大伙儿常说的站着说话不腰疼，所以就能把话说得更主动、更透彻。

"羁逸两由"的"羁"，是他人要求我围绕什么来说，"逸"是我未必受约束，说了一些我想说的话。这一篇章的文字，多是我应一些师长或朋友嘱托，为书刊写的序言或发刊词。此外还有十数篇。原本想把这类文字单独结个集子，我还拟了一首偈子，要作为前言：

> 大象几幻化，
> 物我凭谁识。
> 个中无尽意，
> 羁逸两由之。

现在看来，这种选编的形式更具有主题和质量的优势，也就把偈子中的话，化作了这一篇章的篇章名。

我一贯认为，文字要由思想掌控，而不应由情感掌控。但"风追师友"篇中多处文字，都几乎要挣脱思想的法界，因为这些师友，特别是几位已故去的师长，留给我的记忆太深刻了。追寻他们的风节风神，固然不易，却是有益。

"宿墨"者，老的文字表达形式，"新润"者，对现实生活、现实情感的反映。文字的新老都只是形式，关键看表达的东西是否准确，是否生动。茅台酒装潢几十年未改，醇香如故，有些酒年年易容、款款更新,仍难以下咽。所以文字的活力,不在于是文言还是白话。

在这些文字形成和集子汇编过程中,我得到了很多的指导和帮助,总让我感到世风与文化的蓬勃。

文博学界泰斗、93岁高龄的谢辰生先生,拨开繁忙的事务,欣然命笔,为集子撰写了序言,深刻中肯。

当代书法大家、85岁高龄的李铎先生,认真审阅了集子初稿,挥笔题词,寓意深长。

生活·读书·新知三联书店、中国文物报社有关负责同志和编辑人员,精心审稿,积极建议,保证了文字和集子的质量。

几位书画摄影家朋友,都是业界天罡地煞级的人物,我一个电话过去,他们都根据需要精心创作了作品寄来,殊有古风。

一位移居外地的相交近卅年的挚友,因为精文史、谙电脑,更因互为知己,成了我随时电话相询的"秘书"。

两位年轻同事帮助打印、拍照,劳心劳力,让我那草草的手写变成了规整的宋体。

在香港大学读园境建筑学本科的女儿王婉今,是个"小文史",爱思考问题,总能对我的文字提出很专业的批评,逼我严谨,集子中几篇文字都吸纳了女儿的观点。

我虽不是好汉,但帮手既强且众,才让我有了到华山顶峰,为论剑者正骨的自信。

2015年2月26日

再版后记

《青铜不再》2015年由生活·读书·新知三联书店出版后，得到了不少读者的认可，认为文字中表现出的历史观、文化观有启发意义。随着时间推移，有人建议我再版，以扩大读者面。

于是，我对原有文字做了些修改，说得更准确，更便于阅读。对文章做了些增删，以体现不同时期文章间大观点的清晰和一致。根据所分四个篇章的文字风格，作了些结构上的调整。"羁逸两由"篇不再保留，将其中感物抒怀的文字，调入"风追师友"篇，将其中及新列入的辩理识义的文字，归入新增加的"世象正义"篇，以强化"菜系"特色的不同。

八年过去了，偶尔写些东西，仍然是在落实任务。但愿下一个八年，自己能有闲适的心情，打些文字主动仗。

2023年3月30日